Kaho
Matsuyuki
presents

狐の婿取り

―神様、帰郷するの巻―

CROSS NOVELS

松幸かほ
NOVEL:Kaho Matsuyuki

みずかねりょう
ILLUST:Ryou Mizukane

CROSS NOVELS

香坂涼聖

こうさかりょうせい

診療所の医師。琥珀の恋人で陽の父親的存在。気づけば多くの神様と知り合いになっているが、本人は至って普通の人間。

陽

はる

妖力を持っているチビ狐。琥珀に預けられてスクスク元気に成長中。集落のアイドルで、食べることが大好きなお菓子星人♡

琥珀

こはく

かつて八本の尻尾を持っていた狐の神様。涼聖の愛の力により、最近四本目の尻尾が生えてきた。ちょっと天然。

伽羅

きゃら

かつては間狐だったが、現在は主夫的立場に。涼聖の後釜を狙う、琥珀大好きっ狐《こ》。デキる七尾の神様。

橡&淡雪

つるばみ&あわゆき

烏天狗の長。弟で夜泣き王である淡雪の世話を一生懸命している苦労人。倉橋とようやくカップルに！

倉橋

くらはし

涼聖の先輩医師。元は東京の病院勤務だったが、現在は地方の救命医療をサポート中。淡雪に気に入られている。橡の彼氏。

月草

つきくさ

大きな神社の祭神。美しく教養もあるが、陽に一目惚れをしており、萌え心が抑えられない様子。

CONTENTS

CROSS NOVELS

狐の婿取り
―神様、帰郷するの巻―
9

女神たちの遠隔女子会
175

淡雪ちゃん攻略作戦
221

あとがき
235

CONTENTS

狐の婿取り

神様、帰郷するの巻

Presented by
Kaho Matsuyuki
with
Ryou Mizukane

Presented by
松幸かほ

Illust
みずかねりょう

CROSS NOVELS

1

おかえり、とかけられた声は、ずっと聞きたくて、けれど今は聞くことができないはずの人のものだった。

その声に涼聖《りょうせい》がそちらへと顔を向けようとした時、

「こはくさま！」

陽《はる》が雪の上を走りだしていた。まだ雪の残る庭先には、その名と同じ琥珀色《こはくいろ》の瞳と髪をした青年が立っていた。

走り寄ってくる陽に琥珀《こはく》は軽く背をかがめる。そして、そのまま飛びついてきた陽をしっかりと抱きしめた。

「おかえり、陽」

「ただ…っ…、…っこは…ぅ…さ…っ、こは…っふ、あ、ああーん！」

琥珀に抱きしめられた陽は、溢《あふ》れる感情に言葉を紡ぐことができず、号泣した。

その光景を見ながら、涼聖はまだ信じられない思いで立ちつくしていた。

そこに確かに、琥珀がいる。

ついさっきまで、帰りをゆっくりと待とうと思っていた琥珀が。

そう認識した途端、胸の底から愛しさが湧き起こり、涼聖の全身を満たす。その感覚に泣きたいのか喜びたいのか分からずにいると、

「琥珀殿……！」

玄関を開けに行った伽羅《きやら》が陽の声に気づいて、駆けつけてきた。

琥珀が伽羅へと視線を向ける。

それだけのことで伽羅は感極まったらしく、

「琥珀殿……」

わずかに声を震わせ、再び名を呼んだ。

そんな三人のもとに、涼聖はようやく歩み寄る。

「琥珀、おかえり」

やっと出せた声は、自分でも驚くほどに「普通」だった。

こんなにも、胸のうちはざわめいているというのに。

ただ、その「普通」の涼聖の声に、伽羅は突然、ハッとした顔をすると、慌てて家の中に入っていった。

たった今まで感動の再会に目を潤ませていた伽羅の読めない行動に、

「どうしたんだ？　あいつ……」

涼聖は呟く。

その問いに琥珀は、首を傾げた。

それは、以前と同じ仕草だというのに、妙に色っぽいというか艶っぽく見えた。

久しぶりに会えたせいなのか、涼聖の胸の底がざわめき続けている。

そのざわめきをねじ伏せ、琥珀にギュッと抱きついてグズグズと泣いている陽の頭を、涼聖は軽く撫《な》でた。

「陽、よかったな、琥珀が帰ってきて」

涼聖の言葉に、陽はこくこくと頷くが、まだ涙は止まらないようだ。

無理もない。

ずっと琥珀に会いたいのを、我慢していたのだ。

涼聖や伽羅も、琥珀に会いたいという思いはあった。だが、大人である分、我慢はできた。それでも寂しいと感じることは多かったのだ。

幼い陽は自分たち以上に寂しさを感じたに違いなく、それでも同じように我慢をし続けてきたのだから、琥珀に会えた喜びはひとしおだろう。

抱いた陽の背を、ポンポンと、何度もあやすように軽く叩く琥珀を見る。

そこに琥珀がいる。

ただそれだけのことで、気持ちが満たされていくのを感じた。

グズっている陽の声が少し治まってきた頃、伽羅が再び戻ってきた。

なぜか安堵した表情をしていて、

「一体、どうしたんだ？」

涼聖は聞いた。

琥珀が帰ってきたことは確かに安堵材料だろうが、それにしては行動がおかしい。

琥珀の帰宅を喜ぶなら家に慌てて入る必要などないのだ。

ということは「家の中」に懸念《けねん》材料があったことになる。

「もしかして、火の始末忘れて出てったのを思い出したとか、か？」

それは確かに危険だが、一見無人風に見えても、家の中は無人ではない。座敷童子《ざしきわらし》のシロがいるし、何より龍神《りゅうじん》が金魚鉢の中に、とはいえ鎮座しているのだから、家に危険が起きれば対処できるだろう、おそらく。

「いえ、そこはめちゃくちゃ気をつけて毎回家を出てるんで……」

「だよな？」

今日も陽と一緒に火の元と電気の確認はして出てきたのだ。だったら、一体何がそんなに心配になったのかと思っていると、伽羅はその「心配事」を口にした。

「もしかしたら、白狐《びゃっこ》様がこたつに入ってくつろいでたりするんじゃないかと、心配になって
……」

「あー……」

絶対にないとは言えない言葉に涼聖は苦笑いした。

何しろ、ある朝突然ちゃぶ台の前に鎮座していたことがあったし、クリスマスにはサンタ帽を被ったうえ、九本の尻尾すべてに色違いのリボンで鈴を巻きつけてシャンシャン鳴らしながらやってきたのが白狐である。

「あり得そうで笑えないな……」

涼聖の呟きに、

「大丈夫です、一通り家の中を確認してきました」

伽羅はそう返してから、琥珀を見る。そして、

「琥珀殿、おかえりなさい」

改めて言う。それに琥珀は頷いた。

「留守の間、世話になった」

伽羅を見て言ってから、視線を涼聖へと向ける。

「涼聖殿にも、迷惑をかけた」

琥珀の言葉に涼聖は頭を横に振った。

「いや、迷惑はかかってない。……こいつが一番頑張った」

涼聖はそう言って伽羅を指差した。

それに伽羅は胸を張り、

「俺、本当に、めちゃくちゃ頑張りました！　ご褒美に撫でてください。五往復くらい！」

頭を撫でてくれとねだる。

「まあ、五往復くらいなら許す。あとで撫でてやってくれ」

涼聖が言うのに、琥珀はふっと笑った。

「そなたたちは、相変わらずだな」

「まあ、こんな感じで一応は元気でやってたぞ。陽も、寂しいの我慢して頑張ってたもんな」

陽の頭をワシャワシャと、わざと乱暴に撫でながら涼聖は言う。

グズっていた陽の涙は止まっていたが、それでも琥珀に甘えるようにギュッと抱きついて、頷いた。

そんな陽に、琥珀は微笑みを深くする。

その様子から、琥珀も離れている間、寂しさを感じていたことが分かった。

「さて、白狐さんがいないのも確認ずみだし、そろそろ家に入ろうか」

涼聖が提案し、四人はようやく家に入った。

そして全員で居間に入ると、こたつの上ではシロがきちんと正座をして四人を出迎えた。

「みなさま、おかえりなさいませ」

その言葉に、琥珀の抱っこから下りていた陽はシロのもとに駆け寄り、

「シロちゃん、こはくさま、かえってきたよ！」

嬉しさを全開にして報告する。

すでにシロは知っていた様子なのだが、決して陽の喜びに水をさすことなく、すっくと立ち上がると、

「はい！　すこしまえにおもどりになったのですが、われもとてもおどろきました」

先に知っていたことを伝えながらも、陽のテンションに合わせてピョンピョン跳ねて、驚きと感動を分かち合う。

いや、実際、シロも琥珀の帰宅は嬉しいのだろう。

この中で通常運転なのは、金魚鉢の中の龍神だけである。

おそらく、寝ているのだろう。

なぜそう察することができるのかと言えば、ポータブルDVDプレイヤー――龍神と陽が大好きなアニメのモンスーンシリーズを見るために、以前は涼聖のノートパソコンを使っていたのだが、視聴頻度が高いので、専用に買ったのである。ブルーレイが見られるものにしなかったのは、値段の関係だ――が朝、こたつの上に置かれたままになっていたからだ。

夏から始まる新シーズンで、過去のシリーズに関連が？　という制作情報を伽羅から教えられ、龍神は復習を始め、このところまた見返していた。

昨夜も、朝方まで見ていたと思われる。

というか、基本、金魚鉢で寝ていて、起きるのは陽が毎朝金魚鉢の水を換える十五分程度だけ

と言っても過言ではないレベルの龍神である。

夜中じゅう起きていれば、よほどのことが起きない限りは起きない。

もしかすると琥珀が帰ってきた直後には起き、「帰ったのか」程度のことを言ったかもしれないが、とりあえず今は起きてくる気配はない。

とはいえ、龍神が起きてくるとなんとなく面倒な気がして、涼聖と伽羅はあえて龍神には触れないことに決め、定位置に腰を下ろす。

琥珀が戻ってきたことで、これまで口にはしなかったがやや広く感じていたこたつも、しっくりと埋まった気がした。

これまで通り、琥珀の隣に——とはいえ、今までよりもぴったりくっつくようにしているが——座った陽は、琥珀を見上げて聞いた。

「こはくさま、もう、おからだいいの？」

帰ってきたということはそういうことだと思っていいのだろうが、もしかしたら、ということもあると思っているのか、瞳にわずかに不安を覗かせていた。

琥珀は微笑み、頷く。

「じゃあ、もう、ずっとおうち？」

さっきとは違い、期待を込めた様子で確認する陽に、

「ああ、そうだ」

琥珀ははっきりと返事をした。

その言葉に、陽は「やった！」と、座ったままながら飛び跳ねかねない勢いで両手を上げて喜びを露わにする。

それと同時に、ぐうぅ、と陽の腹の虫が鳴き声を上げた。

「おなか、なっちゃった」

「そうですよねー。もういつもなら食べてる時間ですもんねー」

伽羅が時計を見ながら言う。

「こはくさまにあえて、うれしかったから、おなかすいてたのわすれてた」

陽が笑いながら言うのに、

「陽のお腹の虫は、忘れてなかったみたいだな」

涼聖が返すと、

「りょうせいさん。『おなかのむし』って、どんなかたちのむしさんなの？　カブトムシさんみたいなむし？　まえから、きになってたの」

陽はコテンと首を倒して聞く。

その様子に、反則的な可愛さだなと思いながら、涼聖はどう答えたものか悩む。

実際に腹の中に虫がいるわけではない、と伝えたほうがいいのか、オブラートに包んでもう少しメルヘンを入れたほうがいいのか、さじ加減が分からないのだ。

それは、いつサンタクロースの真実を告げようか悩むのと似ている。

「そうだなぁ……なんて言えば分かりやすいかな」

悩む涼聖に助け船を出したのは琥珀だった。

「カブトムシは鳴かぬだろう？」

そう言われ、陽は頷く。

「じゃあ、なくむしさん？　スズムシさんとか？」

「スズムシどののこえとは、ずいぶんちがうようにおもいます」

真面目な顔で言うのはシロだ。

シロは陽よりも長く生きているので、物知りなのだが、見た目相応に幼い部分もある。腹の虫の真実を知っているかどうか悩むところだ。

「ぐぅぅってなくむしさんって、どんなだろう」

「カエルどのなど、ちかいきがしますが……むしではありませんし」

陽とシロは真剣な顔をして悩み始める。

「実は俺も見たことがないんだ。レントゲンでも写らないからな」

涼聖はとりあえず「いる、いない」ではなく「自分も見たことがない」で押し通すことにした。

「そうなんだ。りょうせいさんならみたことがあるとおもってた」

意外そうに言う陽に、

「改めて言われたら、俺も見たことないですねー」

と伽羅が乗っかってきて、さらに琥珀も頷く。

「みんな、みたことないの？」

いっそう陽はキョトン顔になる。

「ああ、見たことはないな。ただ、我らとて普段は人には姿を見せずに存在するもの。腹の虫もそういうものかもしれぬ」

琥珀の言葉は納得のいくものだったらしく、陽は、うん、と頷いた。それを見やってから、

「じゃあ、あんまり陽ちゃんのおなかの虫を待たせても悪いんで、早速、お昼ご飯作りますねー。オムライス、琥珀殿も食べますよね？」

伽羅は琥珀に聞いた。

「私も、よいのか？」

「もちろんです！　今から作りますし。あ、陽ちゃん、オムライス、巻くのと、割るのとどっちにしますかー？」

帰りの車内でも聞いたことを確認する。

「まって、いまからシロちゃんとそうだんするから」

「ゆっくりでいいですよ。今からケチャップライス作りますから」

真剣な顔でシロと相談をし始める陽にそう声をかけて、伽羅は台所へと向かう。

「何か手伝うか？」

涼聖は手伝いを申し出たが、

「いえ、大丈夫です。ご飯に混ぜ込む野菜とか切るくらいなんで」

伽羅は軽く返してきた。

すぐに野菜を刻む音が聞こえてきて、それを耳にしながら、涼聖は琥珀へと視線を向ける。

琥珀は微笑みを浮かべながら、オムライスをどちらにするか検討しあう陽とシロを見つめていた。

だが、涼聖の視線に気づいたのか、不意に涼聖を見た。

その名と同じく、柔らかな琥珀色の瞳。

初めて会った時から、琥珀は綺麗《きれい》だった。

あれは、雨の宵。

戻ってこない陽を迎えに、傘を差して庭先に姿を見せた琥珀は、不健康そうに見えるほど痩せていたが、それでも美しかった。

一緒に暮らし始めて、恋人と言える関係になって。

琥珀が美人だということは、事あるごとに再確認してきたが、ここまで綺麗だっただろうかと改めて思う。

——久しぶりに会ったからか……？

涼聖がそんなことを思った時、

「こはくさまは、まくのと、わるのと、どっちのオムライスにするの？」

陽が琥珀に問う。

「そうだな……私は、巻くのにしようかと思う」

「では、ひとくちずつ、こうかんしていただけぬでしょうか。そうすれば、どちらもたのしめますから」

どうやら決めきれなかったらしく、シロが交渉してくる。

それに琥珀は頷いた。

「それがいい」

「じゃあ、わるやつ！　きゃらさんに、いってくる！」

そう言って立ち上がった陽は、思い出したように、

「あっ、りょうせいさんはどっち？」

「俺も巻くのにするかな」

「わかった！」

涼聖の返事に頷いて、陽はシロと一緒に台所に向かう。伽羅に決まったオムライスの種類を伝えている声が聞こえてきて、それからしばらくして「まーくまーくオムライスー、わーるわーるオムライスー」と適当な音階で歌う、陽とシロ、そして伽羅の声が聞こえてきた。

呑気で楽しそうなその歌声に、涼聖と琥珀は互いに笑った。


にこにこ笑顔でオムライスを頬張る陽は本当に嬉しそうだ。

その傍らではシロも、自分専用の小さなスプーンで陽のオムライスを横からつついて口に運んでいる。

陽は口の中のオムライスを飲みこんでから、隣にいる琥珀を見上げた。

「こはくさま、オムライス、おいしい？」

問う陽の声に琥珀は頷く。

「ああ」

その返事に陽は、

「ボクもおいしい！」

笑顔で言い、シロも「われも、おいしいです」とやはり笑顔で続ける。

そこに、自分のオムライスを作って伽羅が戻り、全員が揃《そろ》った。

「きゃらさん、こはくさまがオムライスおいしいって！」

陽の報告に伽羅は安堵した顔を見せる。

「本当ですか？　よかったです」

「ああ。帰ってきたと思えて、ほっとした」

琥珀が言うと、伽羅はギュッとスプーンを握って叫びだしそうな感動を堪える。

「おい、新手のスプーン曲げの披露か？」

涼聖がからかうと、

「今ならぐるぐる三周くらい曲げるの楽勝な勢いです」

伽羅はいつもの調子で返す。そんな「いつも」のやりとりにも、琥珀は改めて帰ってきたのだなと実感していた。

「でも、お帰りになるって分かってたら、もっとちゃんとしたものを準備してお迎えしたのに……」

伽羅は、自分で作ったオムライス——作っているうちに割るタイプを食べたくなったらしく、割るタイプに変更していた——の味に満足しつつも、不満を口にする。

無理もない。

伽羅は、琥珀の帰宅を盛大に祝うつもりでいたのだ。それは涼聖も知っていた。

なぜなら、琥珀が好きなものについて、二人で相談し合い、その際に、

『涼聖殿の卵焼きは鉄板なんで、絶対作ってほしいんですよね』

と、言われていたからである。

琥珀なら、いつ帰る、と必ず連絡をしてから戻ってくる。

涼聖自身そう思っていたし、伽羅も同じように思っていた。

だから、帰る日が分かったら、盛大に出迎えようと考えていたのだ。

それがまさか、何の連絡もなく帰ってくると思わなかったのだ。

「充分、ちゃんとしたものを出してくれていると思うが……」

それは琥珀の本音だろう。

実際、オムライスは充分美味い。

しかし、それでは伽羅の気持ち的に納得できない様子だ。

「ダメです！　ちゃんとお祝いしないと！」

力説する伽羅に、涼聖も頷く。

「そうだな、人で言えば退院祝いみたいなものだからな」

『祝い』という言葉を聞きつけ、陽が急いで口の中のオムライスを飲みこみ、聞いた。

「おいわい、するの？」

楽しい気配を察知して、目を輝かせている。

「しますよー。琥珀殿がお戻りになったお祝いです」

「じゃあ、ケーキかう？　なまクリームの、いちごののった、おおきなまるいの！」

「これ、陽」

琥珀は窘《たしな》めるように陽の名前を呼ぶが、

「え？　買うだろ？」

「買いますよね？」

涼聖と伽羅は当然と言わんばかりに顔を見合わせて言い、

「『こはく、おかえり』のプレートもつけるよな？」

「ついでにろうそくも立てましょう」

さらにつけたす。

「ほら、こはくさま！　おいわいのときは、ケーキだよ！」

涼聖と伽羅に肯定されて、陽は得意げに言う。その隣でシロも「ケーキ、たのしみです」と呟いている。

「大仰にならぬようにと思って戻ったというのに」

琥珀は苦笑いして言う。

「それで、連絡なしで戻ってきたのか？」

涼聖が問うと琥珀は頷いた。

「ああ。戻ると伝えると、何かと気を遣わせると思ったのでな」

「そうだったんですねー。それなら納得です」

伽羅の言葉に琥珀は少し首を傾げた。

「納得？」

「だって、普通なら琥珀殿、絶対、いつ帰るかって連絡はするじゃないですかー。それこそご飯の準備とかお布団を干しておいたりとか……あ！　お布団干しておけばよかった！」

伽羅は言葉にしながら失態に気づいて眉根を寄せる。

「布団温めるのに使ってる布団乾燥機あるだろ、とりあえずあれで凌《しの》げばいい」

涼聖が言うと、伽羅は頷いた。

香坂《こうさか》家は、基本的に寒い。

涼聖が住むにあたってのリフォームで床の断熱は行ったが、壁の断熱までとなるとかなり大がかりになるし、そもそも、香坂家は間取り的に壁が少ない。

部屋の隔てのほとんどは襖や障子である。そのため、冷え込みがキツイ。

それを解消するアイテムとして導入されたのが布団乾燥機で、眠る前に仕込んでおくと布団が温かでふかふかになる。

体温の高い陽は、布団の冷たさは気にならないらしいのだが、それでも冬の間は朝起きてくる時、すっかり子狐《こぎつね》姿で毛皮でぬっくぬく状態のことが多かった。

「布団は、別に気にならぬが……」

「ダメです。天気のいい休みの日に干してたとは言っても、今週は干してないですし。そういう準備とかもあるから、琥珀殿なら黙って戻るなんてことはないと思ってたんです。きっちりこの日、というのはなくても、来週半ばには、とか週末あたり、とかそういう目安的なものくらいは連絡してもらえると思ってて」

「まあ、普段の琥珀ならそうだよな」

「それがないから……また白狐様が、面白がって『連絡しておくゆえ、心配ないでおじゃる』とかなんとか言ってサプライズ仕掛けたんじゃないかと……」

「なあ、白狐さんて、おまえらの上司っていうか、一番えらい人って思ってんだけど、間違ってないよな？」

伽羅の言い分にとりあえず涼聖は確認する。

「もちろんですよ？」

伽羅は『何を今さら』とでも言いそうな顔で返してくる。

「いや、なんか白狐さんへの、おまえの認識が若干違う気がした」

「違いませんよー。本宮《ほんぐう》を治め、俺たち稲荷《いなり》を束ね、尊崇《そんすう》を集めてしかるべき存在。それが白狐様です」

淀みない返事なのが、かえって胡散臭《うさんくさ》い。

「本気でそう思ってるか？」

「思ってます、思ってます。ほら、白狐様ってオンとオフの切り替えがはっきりしてるんで。うちにいらした時は完全オフでしたけど、ガチでオンの時とか、恐れ多くて顔も上げられないってくらいになります」

伽羅の言葉に琥珀は頷いたが、ふと脳裏に白狐にライドオンした秋《あき》の波《は》の姿が蘇《よみがえ》った。

――いや、あれは白狐様の、一つの秋の波殿への気遣いであるしな…。

衝撃の光景を、琥珀は再び記憶の底に押しやる。

「こはくさま、びゃっこさまはげんき？」

陽が聞いてくる。

「ああ、お元気にしていらっしゃる」

「あきのはちゃんは？」

その問いに、琥珀は一瞬、返事に詰まった。

「……影燈《かげとも》殿がお忙しくされていて、少し寂しくされていることもあるが、お元気だ」

そう返すと陽は笑顔を見せる。

「びゃっこさまも、あきのはちゃんも、またあそびにこないかなぁ……」

「びゃっこさまがおいでになったら、あのふわふわのけに、もういちど、うもれたいです」

シロがささやかな、しかし大胆な願いを口にする。

「ボクは、びゃっこさまと、あきのはちゃんといっしょに、おかいものにいってみたい！　シロちゃん、カバンのなかにはいってたらわからないでしょう？」

陽が言うのに、

「いやー、白狐様を連れてお買い物は、難しいと思いますよー。ショッピングセンター、動物を連れて入るの禁止ですしねー」

伽羅がもっともなことを言う。それに陽は残念そうだったが、すぐにひらめいた！　という顔をして言った。

「もうどうけん、とか、かいじょけん、とかみたいにハーネスつけたら、はいれないかなぁ」

九尾の白狐にハーネス。

正直、罰あたりである。

そして、犬ではなく狐《きつね》だ。

しかし、喜んで装着し、九尾をわっさわっさcouldさせながらショッピングセンターの中を闊歩《かっぽ》する白狐の姿が容易に想像できてしまい、涼聖はオムライスを噴き出しそうになり、慌てて口元を押さえる。

だが、想像できてしまったのは涼聖だけではないらしく、琥珀も俯《うつむ》いているし、伽羅も涼聖と同じく口元を押さえていた。

「……陽、盲導犬や介助犬は、仕事だからこそ入ることを許可されているのだ。いくら白狐様に楽しんでもらいたいとはいえ、嘘《うそ》はならぬな」

俯いていた琥珀がなんとか気を取り直し、言う。

「あ、そっか。うそはダメ」

陽は素直に言う。

この陽の素直さは、美徳だと涼聖は思う。

「あしたのおかいもの、こはくさまもいくでしょう？」

ショッピングセンターの話で、明日が香坂家の買い物の日であることを思い出したらしく陽が問う。

「ああ、そうだな」

「じゃあ、こはくさま、いっしょにケーキえらぼ！　まるくて、なまクリームで、いちごののってるケーキ！」

選ぶと言ってもそこまで指定したらほぼ一つしかないいんじゃないかと思うが、琥珀は頷いた。

「そうだな、そうするとしよう」

「明日の買い物は、張りきりますよー！　夜は琥珀殿の帰宅のお祝いをしなきゃですからねー！ちょっとあとで、メニュー考えて買ってくるもの、書きだしておかないと……」

真剣な顔をして言う伽羅を見やってから、涼聖は琥珀に視線を向け、

「久しぶりに戻っても、何も変わってなくて安心しただろ？」

と、言うと、琥珀は穏やかに微笑んで頷いた。

◇◆◇

その夜、陽の寝かしつけは琥珀がすることになった。

陽はシロとともにあれからずっと琥珀にべったりで、テンション高く琥珀の留守中の話をいろいろと話して聞かせていた。

夕食後の風呂も琥珀と一緒で――これは普段の休診日もそうだったが――、髪を二人とも伽羅に乾かしてもらってから添い寝タイムに入った。

だが、陽は琥珀が帰ってきたことが嬉しくて、テンションが高いまま持続しているらしく、琥珀はなかなか部屋から出てこなかった。

そしてかなり時間が経ってから、琥珀は陽の部屋から出てきた。

「……伽羅殿は、帰ったのか？」

居間に涼聖しかいないのを見て、琥珀が聞いた。

「ああ、ついさっきな。何か用があったか？」

涼聖が読んでいた新聞から目を離して問うと、

「いや…、頭を撫でてほしいと言われていたのに、してやれぬままだったのでな」

琥珀は真面目な顔で言う。

「相変わらず律儀だな。明日、利子をつけて六往復撫でてやればいいだろ」

涼聖は笑って言ったあと、琥珀をまっすぐに見て、

「琥珀、おかえり」

改めて、言った。

その言葉に琥珀は頷いた。

「長く留守にした。心配をかけてすまなかったな」

謝る琥珀に、涼聖は頭を横に振る。

「いや、本宮にいるなら安全だってのは、分かってるから心配はしてない。……手紙、あんまり書かなかったな、悪い」

逆に涼聖が謝る。

琥珀が本宮にいる間、涼聖から手紙はほとんど出さなかった。多くて月に二度、一度も出さない月もあった。

書くほどの目新しい出来事があるわけでもなかったし、そうなればいつも同じことを書くことになる。

調子はどうだ？　と、問う言葉を。

それはかえって焦らせることになりそうだったし、かといってそのことに触れなければ気にならないのかと薄情に思われるかもしれない。

そんなふうに考えると、何を書けばいいのか分からなくなって、何枚も便箋《びんせん》を無駄にした。

「涼聖殿が忙しいのは知っている。それに、陽や伽羅殿が涼聖殿のことを文に書いて様子を知らせてくれていた」

琥珀は静かに微笑んで返してくる。

「……そうか」

「陽は、少し字が上達した」

「そういや、時々、龍神が添削してたな」

基本金魚鉢で寝ている龍神だが、陽に対してはそれなりに庇護欲《ひごよく》めいたものがある。

それと診療所が休みの日は伽羅も涼聖も溜まった家事を手分けして片づけるため、陽の相手をしてやる時間がなかなか取れない。

もちろん、陽も家事を手伝ってくれるが、それでも陽に振れる作業は限られている。

そんな状況を理解して、龍神は気まぐれを装って金魚鉢から出てくると、陽の相手をしてくれていた。

リバーシの相手――角二つを先に取らせておく程度のハンデなら涼聖たちに勝つこともできるようになっていた陽だが、龍神は『勝負は厳しくしなくてはならん』などと言って容赦なく本気で対戦するので、陽は角二つでは龍神には歯が立たない様子だ――をすることもあったが、大抵は陽に勉強を教えていた。

その中でも一番多かったのが字の書き方だ。

「なるほど……。龍神殿は達筆でおいでだからな」

涼聖の説明に琥珀は納得した様子だったが、

「陽には楷書《かいしょ》で教えてたが、普段のあいつの字、達筆すぎて読めねえことのほうが多いぞ。整った文字だってことは分かるが」

涼聖は苦笑いして言う。

龍神は何か伝言がある時、メモを残しておいてくれる。

伝言と言っても、欲しいものが書いてあったりするだけなのだが、その時の文字は楷書ではなくかなり達筆な続け字なので涼聖には分からないことが多く、伽羅が解読してくれていた。

「そういや、今日は陽、なかなか寝なかったみたいだな」

寝かしつけに時間がかかっていたことを思い出し、涼聖が問うと琥珀は頷いた。

「ああ。三冊読んでもまだ起きていて、四冊目の途中でようやく寝たが……しばらく寝顔を見ていたのでな」

「おまえが帰ってきたのが、よっぽど嬉しかったんだろう。……陽が寂しくないように、集落のみんながいろいろ気を遣ってくれてたんだが、やっぱりおまえじゃないと埋められない穴があるからな」

涼聖の言葉に、琥珀の胸のうちにふと、ある思いが湧いた。

——涼聖殿は……。

その思いのまま、言葉にしそうになった琥珀だったが、思いとどまった。

いくばくかの沈黙のあと、

「琥珀、湯ざめしちまうからもう寝てこい。伽羅がおまえの布団、ふっかふかに仕上げてたからな。俺も風呂に入ったらあとは寝ちまうから」

涼聖は言った。

「そうだな…、せっかくの伽羅殿の心遣いだ、ありがたく温かいうちに眠らせてもらおう」

琥珀はそう返すと立ち上がり、自分の部屋へと入った。

涼聖はそれを見届けてから、居間の電灯を消して風呂へと向かう。そして脱衣所に入ると、小さく息を吐いた。

「……なんか、やたらとキラキラしてねぇか、あいつ？」

琥珀が綺麗なのは今に始まったことではない。

だが帰ってきてからの数時間で、何度も同じことを思ってしまう。

もちろん、離れていた時間の分だけいろいろと涼聖の感じ方が違ってしまうということもあるのかもしれないのだが、それを差し引いても、前と違う気がするのだ。

「そりゃ、元気になって帰ってきたんだから、パワーアップしててもおかしくはねえけど」

そんなことをひとりごちながら、涼聖は風呂に入る支度を始めた。

2

翌日の昼前、涼聖、琥珀、陽、伽羅の四人は街のショッピングセンターへ、予定通りに買い出しに向かった。

「シロちゃん、お昼ご飯はここに置いていきますから、好きな時間に食べてくださいねー」

伽羅はシロの昼食をちゃんとちゃぶ台に準備して、声をかける。

「はい。いつもありがとうございます」

ぺこりと頭を下げるシロに、伽羅は微笑む。

「本当にうちの子はどっちも、いつどこに出しても恥ずかしくない天使ですね」

「ほめられてしまいました」

照れたように笑うシロに、

「ほめられたね」

同じように陽も笑ってから、

「じゃあ、シロちゃん、いってくるね。おやつのじかんにはかえるから、おやつはいっしょにたべよ！」

そう付け足す。

「はい！　たのしみに、まっています」

シロはそう言って、みんなを送りだす。

少しすると車にみんなが乗り込む音が聞こえ、ついでエンジンのかかる音がする。

それから解けた雪で湿った土の上をタイヤが動く音が聞こえ、その音が遠ざかって、家の中に静寂が広がる。

静かな家に、一人。

涼聖の祖母である染乃《そめの》が亡くなってから、涼聖がここに戻るまでは本当に一人きりだった。

けれど、今は一人になる時間はあっても、それは「ここに戻る人を待つ時間」だ。

そう、ここに「戻る人」がいる。

それは、なんと素晴らしいことだろうかと思うのだ。

時間の過ぎゆくまま、朽《く》ちていく家に一人。

家が朽ちる時に、自分も消えゆくのかと思っていた。

だが、涼聖が戻り、琥珀や陽、伽羅と出会った。

「えん、というものは、ふしぎなものです……」

シロは呟いてから、

「……いえ、いまもるすばんといっても、ひとりではありませんでしたね」

そっと水屋箪笥《みずやたんす》の上の金魚鉢を見上げる。

沈黙したままだが、そこにはタツノオトシゴ姿の龍神がいるのが見える。

——ああしていらっしゃると、われいじょうに、そんざいかんがありません……。

そんな、やや失礼めなことを思いつつ、シロはちゃぶ台から下り、縁側《えんがわ》へと出る。縁側では春めいた日差しを浴びながら、半野良の猫のきなこが丸くなって寝ていた。

シロはそっときなこに近づいて、丸くなっているきなこのお腹のあたりに寄り添う。

凍えることのない室内の寝床と栄養たっぷりの食事、そしてテクニシャン伽羅のブラッシングの賜物《たまもの》か、きなこは初めて香坂家に現れた時とは比べ物にならないほど毛艶が美しい猫になっており、寄り添っていてもふわふわで気持ちがいい。

きなこも、シロが寄り添っても慣れたもので目を開けもせず昼寝を続けている。

シロはきなこに完全に体を預け、ふわふわさと猫特有の高い体温に癒《い》やされながらガラス戸越しに庭をぼんやりと眺めていた。

その時、ふっと視線を感じ、そちらに目を向けると、庭の隅にあの赤い目の男がいた。

シロが小さな体を精一杯伸ばし、両手を大きく振ると、男はシロがいるのに気づいたらしく小さく会釈《えしゃく》をよこした。

シロは手を振るのをやめると、寝ているきなこの顔を両手ではさみ込む。

「きなこどの、きなこどの。おきてください」

シロの声にきなこはとりあえずうっすら目だけ開ける。

「きなこどの、われを、あのかたのもとまで、はこんでもらえませぬか」

シロの依頼に、きなこは少し頭を上げ、シロの言う「あのかた」の位置と、そこにいたる経路を確認するように庭を見たあと、聞かなかったふりをして再び頭を下ろし目を閉じてしまう。

「きなこどの」

もう一度声をかけてみるが、きなこは目を開ける様子すら見せない。

無理もない。

庭は雪が解けてあちこちぬかるんでいて泥混じりなのだ。

基本的に猫は足が濡れるのを嫌がるし、きなこは実はかなり綺麗好きだ。

前回は雪だけだったので、チュルルに買収されてくれたが、今回は泥まみれ必至だ。そのため無視することに決めたらしい。

シロも、ちょっと今回は難しいかなと思っていたので、きなこの協力は諦めた。

とりあえず、ガラス戸を自分の体が通る分だけ開けたあと、シロはできるだけ泥になっていないところを探して慎重に歩き、男のもとに向かった。

そして足元まで行ったところで男を見上げた。

「おひさしぶりです。ごけんしょうなごようす、なによりです」

礼儀正しく挨拶する。

そのシロに男はただ頷くと、この前のようにシロを手のひらの上に乗せ、目線が合う高さまでその手を上げた。

「シロ殿も、元気そうでよかった」

「はい、おかげさまで」

そう言ったあと、

「こうみえて、われはせいぜん、とてもからだがよわく、それがもとでしんでしまったのですが、このみをえてからは、やまいひとつしておりません」

嬉しそうにシロは報告する。

だが、そのシロの言葉に男は、

「体が弱かったのか……？」

何か引っかかりを覚えるような様子で聞いた。

「はい。きせつがかわれば、すぐねつをだし、ふたつとなりのものがくしゃみをしただけでもうつされる、とわらわれるほど」

シロは笑いながら言うが、男は少し複雑そうな表情を浮かべた。

「……千代春君《ちよはるぎみ》も、生来、体が……」

「そうでしたか……」

偶然なのか、そうではないのか。

シロがそう思った時、

「シロ殿は、あれから……何か思い出されたことは？　千代春という名に聞き覚えがある気がすると……」

男が聞いた。それにシロは頭を横に振り、

「それが、なにもおもいだせず……。もうしわけのないかぎりです」

少しショボンとした顔で言う。

「いや、こちらが無理なことを……」

そう言う男に、

「あなたさまは、ちよはるどのがみつかったら、どうされるおつもりなのですか？」

今度は逆にシロが聞いた。

「俺は、あの方を今度こそ守り抜きたい。それだけだ」

静かだが強い決意を感じさせる声で男は返した。その言葉にシロはじっと男を見ると、

「いまのあなたさまは……こくなことをもうしあげるようですが、ひとならぬもの。すがたをあらわし、そばにいることはかなわぬのではないかと」

そう言った。

それはもっともな言い分だった。

確かに今の自分は人ではない。

人に近い姿をしていても、老いることのないこの身を、いつか不審に思われるだろう。

黙ってしまった男に、シロは静かに続けた。

「むろん、このいえのあるじや、ごゆうじんのかたのように、ごうたんなかたもおいでかとおもいますが……、はなしをきくに、ちよはるどのは、せんさいなかたかと。てんせいされておいでであれば、まえのきしょうをひきついでおいでかもしれませぬ。そのばあい、あなたさまのおもうようなかたちで、ねがいがかなうことはいささかむずかしいやもしれませぬ」

続けられた言葉で、シロが男を心配していることが分かった。

自分の希望とは違う形になるかもしれない。その時の男の失望を思いやっているのだ。

そんなシロの優しさも、千代春と重なって感じられた。

「……それでも…、姿を見せることなく、言葉を交わすことができずとも、盾となり、守れる時があるかもしれない。ただ、あの方が幸せでいてくれれば、俺は……」

男はそう言ってから、

「それに、まだシロ殿が千代春君ではないという確証もない。もし、シロ殿が千代春君でいらっしゃれば、俺の願いは叶っていることになる」

少し笑みを浮かべ、続けた。

「たしかに、それもそうですね。この、われのぽんこつなきおくが、なにかおもいだすようにがんばります」

シロは笑って返したあと、

「あなたさまのおなまえを、おうかがいしてもいいでしょうか?」

と聞いた。

「俺の、名前……?」

男は戸惑った様子で呟く。

「はい。せんじつ、いらっしゃったあとで、おなまえをうかがうのをしつねんしていたとおもいかえし……。いまも、どのようにおよびすればよいかと、たしょうなやんでおります。なまえがあかせぬということもありましょうから、もんだいがあれば、かまわぬのですが……」

幼い姿ではあるものの、シロは座敷童子——もっとも、なりかけ、という中途半端な存在であるが——として長くこの世にいるだけあり、いろいろと事情を汲《く》む力に長けているのが分かる。

男は戸惑った後に、口を開いた。

「今は、柘榴《ざくろ》、と」

その名は、『あの男』が、目の色から彼につけた名前だ。

千代春を血眼になって捜すうち、いつしか己の瞳が血の色に染まり——人ならぬものになっていた。

そのことを嫌でも自覚させられる名前だ。そのため、男自身、柘榴という名前は気に入っていなかった。

しかし、名前を聞いたシロは、

「ざくろ……。われは、ざくろがすきです。みずみずしくて、おいしくて」

無邪気に微笑み、言った。

「…シロ殿は、柘榴がお好きか」

「はい！」

シロは明るく元気に肯定する。

「ざくろのみであれば、われのこのくちにもはいりやすいのです。はるどのは、つぶがちいさすぎるし、ひとつぶひとつぶに、たねがあるので、もどかしいごようすですが、われにはちょうどよいのです」

そう言って、シロは柘榴の甘酸っぱさが好きなことや、何粒も夢中で食べてしまうことなどを話して聞かせる。

その様子を男――柘榴は、じっと見つめ、千代春の面影を重ねて和む。

そしてシロがひとしきり話し終えたところで、

「もう、そろそろ戻らねば」

柘榴は切り出した。

それに、シロは名残惜しい、という様子を見せつつ、

「ざくろどの、また、おいでになりますか？」

柘榴に問う。

「……シロ殿が、迷惑でなければ…」

柘榴の返事に、シロは頭を横に振った。

「めいわくなどとは、すこしもおもいません。……つぎにいらっしゃるときには、なにかよいほうこくができるよう、がんばります」

「……無理は、しなくていい」

柘榴の気遣いに、シロはにこりと笑う。

「がんばっても、おもいだせぬときは、おもいだせぬので……うんだとおもって、きながにまっていただければ」

「運、か……」

「はい！」

自信たっぷりに返事をしてくるシロに、柘榴は笑う。

――あ、おわらいになった……。

思い詰めたような顔しか知らなかったが、ちゃんと笑える人なのだとシロは思った。

「では、そろそろ行く」

柘榴は言うと、シロをそっとあまり水気のない場所を選んで下ろした。

「では、また」

下ろされたシロが手を振り見送ると、柘榴は頷き、そのまますっと姿を消す。

シロはしばらく柘榴が消えたあとの足跡を見つめてから、慎重に、あまり水気のない場所を選んで縁側の下まで戻り、陽がシロのために佐々木の作業場から貰ってきた端材を積んで作ってくれた階段を伝って家の中に戻った。

きなこは相変わらずスヤスヤ昼寝中で、そのきなこに体を寄せて冷えた体を温めようかと思ったが、嫌がらせをしていると思われるのも嫌なので、居間のこたつの中へ暖まりに行くことにした。

こたつの電気は危ないので消されているのだが、冬の間はシロができるだけ寒くないようにと湯たんぽを入れていってくれるのだ。

それで暖まるつもりで居間に行ったシロだが、居間の敷居に乗ったところで足を止めた。

なぜなら、金魚鉢で寝ていた龍神が起きて人の姿になりこたつで暖を取っていたからだ。

「りゅうじんどの、おめざめでしたか」

シロが言うと、龍神はシロに視線を向けた。

「逢《あ》い引《び》きは終わりか」

その一言でシロは固まった。

そして次の瞬間、驚くほどの速さで心臓が脈を打ち始め、頭に血が上って何も考えられなくなる。

——きづかれてしまった……。

言葉を発することもできず立ちつくすシロに、

「おまえを責めているわけではない。……そこは寒いだろう。ここに来い」

龍神は言って、手招きをする。

シロがぎこちない動きで近づくと、龍神はそっとシロを手に乗せた。

それまでこたつの中に入れられていた龍神の手は温かく、シロを包み込んだ。

「あの者、来るのは二度目、いや三度目か…？」

龍神の言葉にシロは目を見開く。

「いぜんから、ごぞんじだったのですか」

「力を落としているとはいえ、我は龍神ぞ。我の守りの内にあるこの家の敷地の端にでも、知らぬ気を宿したものが足を踏み入れれば、気づかぬはずがないだろう」

「では、なぜだまって……」

「おまえに対して、害意を抱いてはおらぬようだしな。……だが、来訪を隠したということは、そなた、後ろめたさを感じているのだろう。何ゆえの後ろめたさだ？」

龍神に問われ、シロは少し考えを整理するように間をおき、それから口を開いた。

「りゅうじんどのは、ちとせどのがいらしたとき、よなかに、かわにおちられたことを、おぼえておいでですか？」

以前、涼聖の甥っ子の千歳《ちとせ》がこの家に滞在していた時期がある。

千歳は幼い頃から体が弱く、そして「視《み》えないものが視える」という視えすぎる体質だった。

そのせいで、小学校に通えなくなってしまったのだが、「視えないものが視える」と言っても、両親を含めたいわゆる「普通の人」には理解してもらえなかった。そのため、理由がよくわからない不登校と思われていた。

そんな千歳が、自らの希望で――正確には、曾祖母に当たる染乃の夢枕での助言で――この家にしばらく滞在していたのだ。

だが、滞在中、佐々木《さ さ き》の家の庭にある『大人のツリーハウス』と名付けられた、もはや高床式住居では？　と言いたくなるツリーハウスに泊まらせてもらっている時、川で死んだ子供の霊《れい》に誘われて夜中に川へ向かい、そこで川の中に引きずり込まれ、溺《おぼ》れかけるという事態が起きた。

「ああ。おまえと涼聖が駆けつけてつれ戻った」

「……かけつけたとき、ちとせどのはたしかに『あかいめ』といっておられました。……あとできいても、なにもおぼえていらっしゃいませんでしたし、こはくどのやきゃらどのが、きおくをさぐられましたが、なにもわからず……」

「確かに、そんなことがあったな」

当時のことを思い出したのか、龍神は頷く。

「きょういらしていたあのかたも、あかいめを。もしや、ちとせどののおっしゃっていた『あかいめ』とかんれんがあるのではないかとおもうのです」

「可能性は、あるだろうな」

涼聖と駆けつけた時、千歳は頭の先からずぶ濡れの状態で川の中に立ちつくしていた。

溺れようのない水深でそんなずぶ濡れになるのは不自然で、後にそれは川でかつて殺された子供の怪異だと分かったが、その時千歳は確かに「赤い目が、助けてくれた」と、そう言っていた。

「かりに、あのかたがちとせどののおっしゃっていた『あかいめ』だとして、ちとせどのをおたすけになったけいいが、わからぬのです……。ぐうぜん、そのばにいあわせ、たすけてくださったのか、それともぐうぜんではないのか…そのようなことなども、いろいろとかんがえてしまうのです」

柘榴と初めて会った時、赤い目を見て、最初に思い出したのが千歳のことだった。

「もちろん、あのかたはまったくかんけいない、というかのうせいもあるのですが、みょうなふごうで……」

「なるほどな」

「あのかたこじんは、わるいかたではないかもしれません。かりに、ちとせどのをたすけてくださったかただとすれば、おんじんとなりますが、ぐうぜんちとせどののききにいあわせ、そしてまたぐうぜんわれにであい、こえをかけた……というのは…」

「何らかの狙いがある、と？」

シロの推測に龍神は問う。

「はい……。このいえには、おおくのかみがみがつどっていて、われも、それにすっかりなれてしまっていますが、じんかいと、いっせんをかくすものとは、ひとりとであっても、けいかいせねばならぬことです」

琥珀や陽、伽羅のように同種族の縁続きであれば、会うことはあるだろうが、違う縁に属する「人ならぬもの」同士は、種族が違えば「偶然会う」ことは滅多にない。

シロとて、この家に人がいた頃からずっといるが、自分以外の「人ならぬもの」と偶然出くわしたということなど、数えるほどだ。

なのに、柘榴が「偶然」千歳を助け、「偶然」シロとも会ったということになる。

果たしてシロが「偶然」と考えている出会いは、本当に「偶然」なのだろうか。

「だから、隠したのか」

「はい……。むろん、すべてすいろんのうえのことですが…。すいろんとはいえ、そういったきぐがあるのであれば、あのかたをさけるのがどうり、ともおもいます」

「だが、できぬ、か……」

龍神の言葉にシロは頷いた。

「ひとを、さがしておいでなのだそうです。とてもだいじにおもっていらっしゃったかたのようで、びりょくなれど、おてつだいができればと……」

千代春、の名前を出すかどうかシロは悩んで、しかし、伝えなかった。

千代春というのは幼名だろうが決して珍しい名前ではない。

龍神に伝えたとて、膨大な数の同名の者が挙がることになる可能性のほうが高い。

それに、柘榴の様子から、龍神に接触したいというようには感じられなかった。

むしろ、ここに来ていることを悟られてはならないと思っているように感じる。

そのことも、シロが柘榴のことを伏せた理由の一つだ。

「……あの程度のもの、今の我の力でも消すのは造作ない。おまえは好きにしろ」

龍神の言葉に、シロは目を見開いた。

「りゅうじんどの、よいのですか？」

きっと、会うのを控えるように言われるだろうと思っていたのだ。

「琥珀が戻った。どうせ日中は、また伽羅が家を守るだろう。奴が付け入る隙を与えるとも思えぬしな」

確かに、そうだ。

これまで伽羅が日中家を空けていたのは、琥珀の代わりに涼聖の診療所の受付事務を手伝わねばならなかったからだ。

琥珀が戻れば、すぐ明日からかどうかは分からないが、以前通り、琥珀が診療所に行き、伽羅が家事をしながら家を守るだろう。

龍神の言うとおり、柘榴が来れば気づくだろう。

「……きゃらどのも、すでに、りゅうじんどののように、あのかたのことにきづいておいでしょうか…」

「その様子はないな。言っておくが、今は力なき我とはいえ、それでも七尾よりは力を有しておる」

ドヤ顔をして龍神は言う。

龍神は自然神を元とするもの。

その力は稲荷とは比べ物にはならない。

龍神はその力のほとんどを失ってしまっている。

本来の龍の姿は、維持するだけでも力を使うため、今はほとんどの時をタツノオトシゴというかわいらしい姿で、あまつさえ金魚鉢に入れられて寝て過ごしているのだ。

そうやって力を溜めて復活の時を待っているのである。

現時点でどの程度力が戻っているのかは分からないのだが、千歳を己の守りの内に入れ、千歳が龍神に対して日々祈りを捧げているので、以前よりは力の戻りは早いだろう。

そうは言っても、本来の姿を取り戻すには、千歳の寿命の範囲では足りない年月がかかるだろうが。

元の力が膨大であればあるほど、溜めなければならない力も多いのだ。

「そういえば、今宵は宴と言っていたな？」

不意に龍神は確認してきた。

「はい。こはくどのがぶじ、おもどりになったので、そのおいわいを。いま、みなでかいだしにいっています」

シロの言葉に龍神は時計を見る。まだ十二時を少し回ったところだ。この時刻なら昼食を食べているところか、早くても昼食を終えてそろそろ買い物、といった時刻だろう。

「伽羅によい酒を買ってくるよう、伝えておくか……」

そう言うと龍神は軽く目を閉じ、念を送った。

そしてしばしやりとりをするような間を置いたあと、

「これでいい。今宵は久しぶりによい酒が飲めそうだ」

ご満悦そうに微笑む。

龍神は琥珀が留守の間、禁酒を言い渡されていた。

理由は、琥珀が本宮に療養に出て間もなくの頃、伽羅が作り置きをしておいたおかずを肴に酒を楽しんだことがあるからだ。

酒を飲むのは決して悪いことではない。

そもそもその酒は、琥珀が倒れた際に龍神が自身も力を溜めなくてはならない時であるにもかかわらず力添えをしてくれたことへの感謝として涼聖が贈った大吟醸《だいぎんじょう》だった。

もともと、龍神は酒が好きだ。

いや、神々全般にそれは言えるかもしれない。

そもそも彼らにとって「食」というものは、食欲を満たすためではなく、力の底上げであるとか日々の潤いであるとか、そういった意味合いがあり、つまるところ「愉しみ」の一つなのだ。

うまい酒と、うまい肴が揃えば、止まることなどない。

涼聖たちが診療所から帰ってきた時、作り置きしたおかずは空で、一升瓶を飲干した龍神が非常に上機嫌で居間にいたのだ。

帰ったら、あのおかずとこのおかずを温めて、と夕食の算段をしていた伽羅はキレた。

香坂家の主夫を自認する伽羅は、とにかく効率よく家事をこなす。

琥珀の不在中、診療所を手伝うことになったが、

『この家の主夫として、食の満足、清潔さを欠かすことは絶対にできません！』

と、かなり意識の高い発言をし、伽羅はこれまでに培った主夫スキルを最大限活かして、できる限りこれまで通りの生活を涼聖と陽に提供するよう頑張っていた。

その中で、作り置きおかずは、かなり大事なものだったのだ。

それを散々食い散らかされ、完全に予定の狂った伽羅が怒るのは当然のことだ。

にもかかわらず、怒られた龍神は、美味かったのだから仕方がないと開き直った挙げ句、そもそも涼聖が大吟醸などというといい酒を渡すからいけないのだと責任転嫁をしてきた。

そのため涼聖は、琥珀が療養を終えて戻るまでの禁酒を龍神に言い渡したのだ。

力を溜めている最中ではあっても、その気になれば七尾の伽羅よりも力を有しているのが龍神である。

対して、涼聖はただの人間だ。

しかし、その涼聖の言葉を龍神は素直に守っている。

無論、七輪で焙《あぶ》られかけたり、強炭酸に沈められたりと、神を神とも思わぬ罰を龍神は涼聖から与えられている。

神様に罰を与える、ということをナチュラルにやってのけるメンタルの強さがあるからこそ、この家で「自分以外、みんな神様」というような状況でも普通にやっていけるのだろう。

とはいえ、龍神が涼聖の言葉を守っているのは、別に罰を与えられるのが嫌だからというわけではないし、涼聖が怖いというわけでもない。

龍神の力をもってすれば、涼聖をどうこうすることなどたやすい。

それでも大人しく守っているのは、涼聖を気に入っているからだろうとシロは思う。

涼聖の気性はまっすぐだ。

相手に関係なく、言い分や行動について違うと思えば違うと言い、感謝すべき時はきちんと感謝をする。

基本的なことのようだが、自分の保身などを考えればなかなか難しいことだ。

だが、涼聖は性分なのだろうが躊躇《ちゆうちよ》がない。

だから龍神に対しても、態度は変わらない。

神様だからもっと神様らしくなどとは言わないが、一緒に生活しているのだから、相手のことを慮《おもんぱか》って行動しろとだけは常々言っている。

今回のことも、龍神は多少反省していて、それは気に入っている涼聖と気まずくなりたくないからだろう。

——りょうせいどのは、すごいかたです……。

シロにとって涼聖は自分の兄弟のはるか遠い子孫だが、いくばくかでも同じ血が流れているのは誇らしく思える。

だが、それと同時に柘榴と会うことは、やがて涼聖に迷惑をかけることになるのではないかと思うと、シロの胸を何かがチクンと刺した。

——……あの程度のもの、今の我の力でも消すのは造作ない。おまえは好きにしろ——

さっき、龍神に言われた言葉が脳裏に蘇る。

シロが危惧するようなことになれば、龍神が動くだろう。

龍神に咎《とが》められなかったことに安堵する気持ちと、後ろめたさがないまぜになった気持ちを抱きつつ、シロは涼聖たちが戻るのを龍神とともに待った。

3

「あらぁ、琥珀ちゃん、帰ってきたんねぇ」

翌日、診療所を訪れた患者は全員、受付に座る琥珀を見てそう言った。

涼聖は琥珀の身を案じて、もう少ししてからでもいいと言ったのだが、当の琥珀が、

『万全の状態となったから戻ってきたのだ。心配してくれるのは嬉しいが、それには及ばぬ』

と言ったため今日からの復帰となった。

それに合わせて、伽羅は主夫に復帰し、これから日々少しずつ行き届かなかった家事をいろいろとこなすのだろう。

「土曜の午後に」

微笑んで返す琥珀に、

「もう、親戚の人の体はええんね？」

聞きながら、診察券を出してくる。

琥珀の不在は、集落では琥珀自身の体調云々ではなく、琥珀と伽羅の親戚が倒れたため、ということになっていた。

琥珀が本宮に戻るための準備で、伽羅がしばらくいなかったのは、その時、琥珀が体調不良で

安静にしていなくてはならないため、伽羅が代わりに行ったことになっていた。

　そして伽羅が準備を整えて本宮から戻り、琥珀が本宮に行ったのは、伽羅よりも血の濃い親戚にあたる琥珀が行ったほうが親戚が安心するから、という設定になっていたのだ。

「もう、すっかりと……」

「よかったねぇ。ずいぶん長い間のことじゃったから、看病も大変なんじゃろと思って心配しとったんよ」

　親身になってかけられる言葉に、嘘をついている後ろめたさは多少あるが、本当のことを言えるわけもないので、琥珀は「かたじけない」とだけ返す。

　だが、もともと琥珀があまりあれこれ話すほうではないことはみんなも分かっているので、その返事だけでもにこにこし、

「ああ、よかった、よかった」

　と言って、待合室の空いている場所に腰を下ろしにいく。

　そして、ソファーにちょこんと座って絵本を開いている陽を見つけると、陽のそばに歩み寄り、声をかけた。

「陽ちゃん、琥珀ちゃん帰ってきてよかったねぇ」

　かけられた声に陽は絵本から顔を上げ、弾けるような笑顔を見せた。

「うん！」

いつもは診察が始まると、天気の悪い日は除いて、大抵集落のお散歩パトロールに出かけていて不在の陽だが、今日は天気が悪いわけではないのに——むしろ、天気はいい——待合室にいた。

おそらく、琥珀が帰ってきたのが嬉しくて、出かけたくないのだろうなということは、誰もが感じた。

そして、陽も、今日、集落のみんなから聞かれた時のために「琥珀が不在の理由」を昨夜、涼聖、琥珀、伽羅と一緒に復習した。

もちろん、これまでも琥珀について聞かれることはあったので、設定そのものは陽も忘れてはいなかったのだが、時々、突っ込んだ質問もあった。

今は、帰ってきてよかったね、だけですんだが、琥珀の親戚なら陽にとっても親戚だろうし、心配だっただろう、とさっきは聞かれ、琥珀も、親戚の病気について尋ねられていた。

その問いに陽は、

『えっとね、こはくさまときゃらさんのしんせきのひとで、ボクはちがうの。だから、あったことないよ』

と、設定通りに答え、琥珀も、涼聖から適当な病気と症状、経過の設定を伝えられ、それを答えていた。

それらは、自分たちが「人間ではない」ということを隠すために必要な「嘘」ではあるのだが、陽は何となく居心地が悪くて、

——やっぱり、うそは、あんまり、ダメ。

そんなふうに思う。

とはいえ、自分たちが人間のふりをしてここにいること自体が「嘘」だ。

——でも、おじいちゃんとか、おばあちゃんとか、こうたくんとか、ひでとくんとかとも、いっしょにいたい……。

嘘はダメだと思うけれど、みんなと一緒にいたい。

幼いながらもそんなジレンマを抱いたりもする。

——あとで、こはくさまにきこうっと……。

そう思って、陽はにんまりする。

そう、琥珀に「聞ける」のだ。

手紙を書いたりするのではなく、直接聞ける。

そのことが、本当に嬉しくて、受付にいる琥珀を見る。琥珀はカルテに何かを書きこんでいたが陽の視線に気づいたのか顔を上げ、陽を見ると微笑んだ。

それに陽は、嬉しくて手を振った。

◇◆◇

午前の診療が終わり、涼聖、琥珀、陽の三人で昼食を取ったあと、少し休憩してから涼聖は往診に出かけていった。

涼聖を見送ってから、陽は琥珀に声をかけた。

「こはくさま、りょうせいさんがかえってくるまで、こはくさま、ごようじある？」

「いや…特にはないが。いかがした？」

日によっては、薬の在庫を数えたり、届いている検査結果をカルテに挟んでおいたりといった仕事があるのだが、今日はどちらもない。

「じゃあ、ボクといっしょに、おさんぽいこ！」

陽が誘ってくるのに、琥珀は頷いた。

土曜に琥珀が帰ってきてから、陽は「べったり」という言葉がぴったりなくらいに、常に琥珀のそばにいた。

本宮に行く前も、陽は「こはくさま、こはくさま」と、そばに来ることは多かったが、これほどではなかったので、よほど寂しい思いをさせていたのだなと琥珀は思う。

出かける準備を整え、琥珀は陽とともに外に出た。

しっかり手を繋いで陽と散歩する琥珀の姿を見て、琥珀の帰宅を知る住民も多くいて、そこかしこで散歩の足を止めつつ歩いていると、遠くのほうから孝太《こうた》のスクーターが走ってくるのが見えた。

雪解けの季節を迎え、アスファルト道路の両サイドには除雪された雪が残っているが、車が通る部分の雪は解けてなくなったため、孝太の荷物が少ない時の移動は再びスクーターに戻っていた。

「あ、こうたくんだ」

陽は目ざとく気づいて、手を振る。

孝太も気づいていたらしく、一度片方の手をハンドルから離して手を振ると、少し速度を上げて近づいてきて、二人のすぐそばで停まった。

「陽ちゃん、こんにちはっス！」

「こうたくん、こんにちは。こはくさま、かえってきたよ！」

にこにこして報告する陽に、孝太も同じように笑って頷いた。

「本当っスね。琥珀さん、おかえりなさいっス」

孝太の言葉に琥珀は頷いて、

「私がいない間、孝太殿にはずいぶんと陽が世話になったと聞いている。ありがとう」

礼を言う。

「世話とか全然っスよ。むしろ俺が陽ちゃんに相手してもらってるって感じっスから」

変わらぬ快活な笑顔で孝太は言う。

「陽ちゃん、琥珀さんに雪合戦の話、したっスか？」

「うん！　おしゃしんもいっぱいみてもらったよ」

「陽ちゃん、大活躍だったんスよ。師匠チームの旗、陽ちゃんが取ったんス。すっげー格好良かったっスよねー」

孝太が褒めると、陽は照れたように笑う。

「こうたくんも、すごかったの。たかいところから、いっぱい、ゆきのたまをなげて、おじいちゃんたちを、アウトにしていったの」

「陽も孝太殿も大活躍だったと聞いている。来年は、私はぜんざい担当になったほうがよさそうだな」

笑う琥珀に、

「今年は、軍師の作戦が当たったんスよ。来年は琥珀さんの特性を活かした作戦を組んでもらうっスから」

孝太が言う。それに琥珀は、

「うまく逃げられたと思ったが、そうはいかぬか」

苦笑いを返す。

「当然無理っスよ。ただでさえ若者チーム、少ないんスから。逃がさないっス」

笑って孝太は言ってから、陽の頭を軽く撫でる。

「陽ちゃん、琥珀さんが戻ってきたけど、俺ともまた遊んでくださいっス」

その言葉に陽は笑顔で、

「うん！　あした、あそびにいくね！」

無邪気に答える。

「ああ、今日も本気で陽ちゃんが天使すぎて召されそうっス」

孝太はそんなふうに言いながらポケットから携帯電話を取り出すと、二人に向けた。

「写真撮るっスから、二人とも寄ってー、笑ってー。撮るっスよー、はい、チーズ」

カシャッとシャッターを切る音が聞こえ、撮影した写真を確認してから、

「綺麗に撮れたっス。若先生と伽羅さんに送っときますねー」

「うん！　あとでみせてもらうー。こうたくん、ありがとう」

琥珀とのツーショット写真を撮ってもらった礼を言う陽に、孝太は笑ってから、

「そんじゃ、仕事に戻るっス。陽ちゃん、また明日」

「またあしたー！」

元気に返事をする陽に軽く手を振り、孝太は作業場へと戻っていった。

「孝太殿は相変わらずお元気だな」

孝太のスクーターが小さくなってゆくのを見送りつつ、琥珀が言う。

「うん！　いっぱいあそんだよ。ことしは、ひでとくんもいっしょだった」

「後藤《ごとう》殿の孫殿だな」

琥珀が不在の間の陽の様子は、伽羅と涼聖が撮影していて、それをプリントアウトしてアルバムにきちんと貼られていた。

琥珀に分かりやすいように、と貼っていたのは陽らしい。

時々、歪んでいたりするのが愛らしいと思った。

「ひでとくんは、あたまがよくて、クイズもまちがわずにいっぱいこたえるし、ゆきがっせんのときには、ぐんしだったの。『しょかつりょう・ひでと』ってこうたくんがいってた」

にこにこしながら陽は言う。

陽と一緒に写っている秀人《ひでと》はどれも笑顔だった。

それでもどこか神経質そうな気配がある。心配になるほどではないが、その気配は初めて集落に来た頃の倉橋《くらはし》にも少し似ていた。

後藤から孫の話を聞いたことは琥珀にはなかったが、息子は東京の大きな企業で働いていて妻も名の通った企業で働いていると噂《うわさ》では聞いていた。

その息子夫婦と不仲らしいことは、後藤が倒れて入院した時に涼聖から聞いていたし、琥珀も後藤自身から感じ取っていた。

その孫が来ている。

年の頃から言えば、社会に出て働いている年齢だろうし、実際陽からは、働いていたが疲れて休みたくなったから仕事をやめてこっちに来た、と話していたと聞いた。

――某かの挫折を経験して、ということなのだろうが……。

聞いたことから想像できるのはそんなところだが、接する機会の多かった伽羅から特に何も聞いていないので心配しなくてはならない状態ではなさそうだ。

それに、後藤家は集落の神社の氏子《うじこ》である。

祭神《さいじん》がきちんと見守っているだろうし、陽が心配したそぶりもなく普通に懐いているから大丈夫そうだ。

「そうだ！　こはくさま、ごとうのおじいちゃんのおうちにいこ！　ひでとくん、きっとおうちにいるよ」

そう言うと、琥珀の手を引いて後藤家を目指し、歩いていく。

力強く手を引いて歩きながら、陽は琥珀がいない間、道路沿いの木々がどのように色づき、実をつけ、葉を落とし、雪を積もらせたかを語っていく。

それを聞くだけで、その光景が目に浮かぶようだった。

「かきをつるすのは、こうたくんとふたりでてつだったの。でも、できたほしがき、もうぜんぶたべちゃった」

「陽は干し柿も好きだからな」

「うん！」

「陽は、いつも元気だな」

微笑みながら言う琥珀に、

「こはくさまが、げんきになってうれしいの。だから、いつもより、もっとボクもげんき。こはくさま、まえよりキラキラしてるから、ほんとうにげんきになったんだなぁって、わかって、すごくうれしい」

陽は変わらずにこにこしながら言う。

魂が破れてしまう前でも、不調を感じていたわけではなかった。

本宮での長い療養を経て、体がこれまで以上に軽快になっていくのを感じてはいたが、それは本宮という清浄な空気の中にいるせいもあるだろうと思っていたのだ。

だが、こうして集落に戻ってきても、体の軽快さは変わらず、ようやく、前は不調ではないが万全でもなかったのだと感じた。

「私も、陽が元気だと嬉しいぞ」

その琥珀の言葉に、陽は嬉しそうに笑った。


後藤家に到着すると、玄関前のタタキを倉橋が掃除をしていた。

「くらはしせんせい！」

陽が声をかけると倉橋は顔をこちらへと向けた。

「ああ、陽くん。それに琥珀さん、おかえりなさい」

倉橋が笑顔で陽と琥珀を迎える。

「こはくさま、どようびにかえってきたの！」

「そうなんですね。もういいんですか？」

「ああ、すっかり。倉橋殿にも、世話になっただろう。礼を言う」

落ち着いた様子で言う琥珀に、

「いや、世話になったのは俺のほうです。まあ、主に淡雪《あわゆき》ちゃんが、ですけど」

倉橋は笑って言ってから、

「どうぞ、上がってください」

居候にもかかわらず、完全に後藤家の一員状態で促す。

「くらはしせんせい、おそうじ、もういいの？　ボク、おてつだいするよ？」

陽が言うのに、

「今終わったところだよ。雪が解けてきて、すぐにタタキのところが泥だらけになるから、毎日ジャンケンで掃除当番を決めてるんだ」

倉橋は陽の頭を撫でながら言う。

倉橋の言葉に陽はハッとして自分の靴を見る。

この時季はまだ、陽は防水加工のされたブーツだ。それは雪解け水の混ざった泥水——主にアスファルトの上を歩いてきたとはいえ、解けた雪自体に泥が混じっていたりもするので——で汚れていた。

「くらはしせんせい、おそうじしたところなのに、またよごしちゃう……」

考え込むような顔をして、陽は言う。

それに倉橋は笑った。

「そうしたら、また掃除すればいいんだよ」

「でも……」

「気になるなら、こうしよう」

倉橋はそう言うと玄関の引き戸を開けてから、陽の両脇の下に手を入れて抱き上げると玄関の中まで運んだ。

「はい、これで解決」

「くらはしせんせい、ありがとう！」

笑顔で陽は返す。

「どういたしまして」

そう言ってから、倉橋は琥珀を見ると、

「さすがに琥珀さんを抱き上げるのは無理なんで、そのままどうぞ」

笑いながら言う。

似た背格好ではさすがに陽にしたようにするのは難しいし、そもそもするつもりもない。

「では、遠慮なく」

琥珀は言ってタタキを横切り玄関に入った。

靴を脱いで三人でリビングに行くと、こたつには後藤と秀人がいた。

「おじいちゃん、ひでとくん、こんにちは」

陽が挨拶すると、

「賑やかな声が聞こえとると思ったら、陽坊じゃったか。それに琥珀さん、帰ってきとったんじゃな」

後藤が陽と、陽の後ろに立つ琥珀に目をやり、言う。

「久方ぶりです、後藤殿」

「こはくさま、どようびにかえってきたの」

挨拶する琥珀に続けて、陽は補足してから秀人に視線を向けた。

「ひでとくん、こはくさまにあうの、はじめてでしょう？　これが、こはくさま。それから、こはくさま、こっちがひでとくん」

陽が二人を紹介する。

それに琥珀が会釈をした。

「初めてお目にかかる。留守の間、ずいぶんと陽が世話になったようでかたじけない」

「いえ、こちらこそ初めまして。後藤秀人です。陽くんのおかげで、ここにも早々に馴染めましたから」

秀人の言葉は本心だろうと簡単に分かった。

「そう言っていただけると安堵する」

微笑んで返した琥珀に、

「まあ、立ちっぱなしもなんだ。こたつに入ったらええ」

後藤が促し、琥珀と陽、そして倉橋の三人は二人のいるこたつに足を入れた。

「あ、何か飲み物入れてくるよ」

すぐに秀人が言って腰を上げる。それに陽は、琥珀を見ると、

「ひでとくんのコーヒー、すごくおいしいんだよ。サイホンっていうのでいれるの。おゆがうえにいったり、したにいったりして、すごくおもしろいの」

と紹介する。それに秀人は、

「少し時間がかかりますけど、時間に余裕があるならコーヒーいかがですか?」

琥珀に問う。

「手間ではないのか?」

「慣れてますし、淹《い》れるの好きなんで」

「では、頼めるだろうか」

琥珀の言葉に秀人は頷き、台所に向かう。それに陽はついていった。

サイフォンでコーヒーが入るところを見るのが好きなのだ。

「陽くんはカフェオレにする？」

「うん！　おさとうふたついれる」

そんなふうに話をする二人はすっかり仲良しな様子で、琥珀は安堵する。

「留守の間も、陽坊は元気でいい子にしとったよ。……じゃが、やっぱり琥珀さんと一緒じゃと違うなぁ」

後藤の言葉に倉橋も頷く。それに琥珀は静かな声で、

「元気で過ごしてくれていたのも、皆が見守ってくれているおかげです」

と返す。

「いやいや。陽坊に世話になったのはこっちのほうだ。……秀人が戻ってきて、そのわけを聞いていいもんかどうか分からんかった。どう接してやるのがいいのかも。じゃが、陽坊がいつの間にか秀人を集落に馴染ませてくれてな……」

秀人がここに来た理由は分からないが、実際に会ってみて、心の奥のほうには悩みがあるようだが、今はそれについてはあまり悩んでいない様子なのが分かった。

だからこそ、伽羅も何も言わなかったのだろう。

人は多かれ少なかれ、常に悩みを抱える。

悩みに目を向けすぎれば、それはどうしようもなく、大きなものに見えてきてしまうこともある。

自分ではどうにもできないと思い、押し潰されることもあるし、実際に自分一人ではどうにもできないのに、どうにかしようとして傷ついて疲れ果ててしまうこともある。

秀人がそのどちらだったのかは分からないが、潰れて疲れ果てる前に、回避してここに来たのだろう。

それを「逃げ」と言う向きもあるだろうが、息すらできなくなるほどに思い詰めてしまう前に、息のできる場所に行くことは悪いことではない。

もちろん、息苦しくとも安定して見える道がある場所を外れて、荒野を目指すのには勇気がいるし、荒野の厳しさになすすべなく倒れてしまう者もいる。

だが生き抜くために、コースから離れるのは悪いことではないのだろう。

この先、秀人がどうしようとしているのか、琥珀には分からない。

秀人自身、まだ何も決めていないだろう。

だが、「このまま」を振りきると決めて、ここに来たのだ。

「……頑張り続けられることばかりではないゆえ…、もどかしさもあるだろうが、しばしこちらにというのが良策かと思う」

静かな琥珀の声に後藤は頷いた。

「そうじゃな」

「それに、もう、今じゃすっかり孝太くんと同じように頼りにされてるし、陽くんと三人でワンセットみたいになってる時もあるね。スポーツ枠、頭脳枠、アイドル枠みたいな感じでバランスが取れてていい感じだよ」

笑って倉橋は言う。

「集落にとっちゃ、若いってだけでもありがたがられるからな。秀人もこの冬、ずいぶん雪かきに駆り出されとった。いい運動になったじゃろう」

同じように後藤が笑って言ったところで、

「こはくさま、コーヒーできたよ！」

陽がお盆の上に琥珀のコーヒーと自分のカフェオレを載せて入ってきた。

琥珀はサイフォンの片づけをしている秀人に顔を向けると、

「では、いただく」

断ってからコーヒーに口をつけた。

「……淹れている時からいい香りがしていたが、口に含むとまた違うな。とてもうまいと思う」

琥珀が感想を述べると、秀人は少し照れたように笑う。

「ありがとうございます」

「ひでとくん、ここでコーヒーやさんすればいいのにっておもうの。コーヒーやさんのとなりに、てしまのおばあちゃんのケーキやさんつくって、くにえだのおばあちゃんのあんころもちやさんもつくって……」

陽は脳内で建設中の「集落おいしいものストリート」の構想を琥珀に聞かせる。

雨の日も風の日も、暑い日も寒い日も、関係なしに楽しめる全天候型施設だ。

子供ながらの自由な発想で語られる夢の施設の話はとても楽しくて、大人たちは耳を傾けつつ和んだ。

そのまま、琥珀の留守中の集落の話を少しした頃、涼聖が往診から戻る時間も近づいているので、琥珀と陽は後藤家をあとにすることにした。

「おじいちゃん、くらはしせんせい、ひでとくん、またくるね！」

こたつを出て、陽は挨拶する。

「ああ、また来るとええ」

立ち上がりかけた後藤に、

「見送りはかまいませぬよ、寒いゆえ」

琥珀が止める。

「そうかい？　じゃあ言葉に甘えるか」

後藤はそう言って座りなおす。

「秀人くんもコーヒーを淹れるっていう大役を担ったんだから、そのまま座ってて」

そう言って倉橋だけが立ち上がり、外まで見送りに出る。

身支度を終えた琥珀と陽とともに玄関を出たところで、倉橋は琥珀に聞いた。

「もう、体は万全なんですか？」

「ああ、大丈夫だ。倉橋殿にもずいぶんと心配をかけた」

微笑み言ったあとで、

「添い遂げられたようだな」

琥珀は言った。

今日、玄関で会った時から感じていた。

これまでとは倉橋が纏《まと》う気配が濃いことに。

琥珀の言葉に倉橋は笑いながら頷いた。

「淡雪ちゃんの隙をかいくぐってね」

倉橋が出した淡雪の名前に、陽は何かを思い出したような顔をして、琥珀を見上げた。

「こはくさま、くらはしせんせいのおうちに、あわゆきちゃんのおへやがあるんだよ！」

「倉橋殿の、家？」

そう言ってから、そういえば陽からの手紙に倉橋が家を買ったことが書いてあったのを思い出した。

「ああ、確か後藤殿の家の近くに……」

「そうです、思い切って。ああ、俺が家を買ったの、琥珀さんが行ったあとでしたね」

「こんどは、くらはしせんせいのあたらしいおうちに、こはくさまといくね！」

陽の言葉は他意のない「遊びに行くね」なのだが、大人からすれば招待しろという催促でもある。そのため、

「これ」

琥珀は窘めるが、

「今度、招待しますよ。っていっても、普段は後藤さんのところにいるから、向こうは家具もまだ揃ってないんですけどね」

倉橋は笑顔で返す。

「じゃあ、またこんど！」

手を振る陽に倉橋は手を振り返し、琥珀は苦笑しながら倉橋に会釈をして後藤家をあとにした。

4

診療所での夜の診察を終えて帰宅すると、三人を出迎えたのは、すっかりこれまで通りの主夫に戻って割烹着を身につけた伽羅だった。

「おかえりなさい、琥珀殿、涼聖殿、陽ちゃん。お疲れ様でした」

「ただいまー」

笑顔で真っ先に玄関に上がるのは陽だ。

涼聖は靴を脱ぎながら、

「なんか、おまえが割烹着で出てくると、安定感ハンパないな」

笑って言う。

「褒められたのかディスられたのか、微妙なんですけど」

複雑な顔の伽羅に、

「日常が戻ったって感じで、安心できるって意味だから、ちゃんと褒めてるぞ」

涼聖が言い、琥珀も頷く。

「琥珀殿が納得ならいいですけど……。陽ちゃん、シロちゃんとお風呂の準備してきてくださいね。涼聖殿と琥珀殿は荷物置いたらご飯食べちゃってください、準備してありますから」

伽羅はそう言うと、台所へと向かう。

診療所を出る時刻に、いつも涼聖は伽羅に連絡を入れる。

そこから逆算して伽羅は料理を温め直して準備を整えているのだ。そして顔を見てから、温めた汁物をよそって出してくる。

「割烹着も相まって、本気で安定の主夫だよなぁ、あいつ……」

呟いた涼聖に琥珀はふっと笑う。

伽羅は普通のエプロンやギャルソンエプロンも持っているが、普段着ているのはもっぱら割烹着だ。

細かな油の跳ね返りなどを一番気にしなくていいらしい。

普通のエプロンは、集落のケーキ作りの師匠である手嶋《てしま》の家に、ケーキ作りの練習をしに行く時に主に使い、ギャルソンエプロンは雰囲気を出すためにピザを焼く時に、と使い分けているらしい。

涼聖と琥珀がそれぞれに部屋へ荷物を置きに行き、居間に入るとちゃぶ台の上にはきちんと温められた汁物まで揃って準備されていて、伽羅はお風呂の準備を整えた陽とシロが部屋から出てくるのを待って、入浴させに風呂場へと向かった。

そしてこれまで通りに夜の寝かしつけをした――土曜、日曜と琥珀に寝かしつけてもらったので、陽は気持ちが落ち着いたらしく、大人しく伽羅と眠りにいった――あと、陽の部屋から出てきて、食事を終えていた琥珀に文を差しだした。

「琥珀殿、今日、影燈殿から文が届きました」

「影燈殿から？」

「はい。珍しいですね、影燈殿からなんて」

伽羅は不思議そうに言ってから、何か思いついたような顔をした。

「もしかして、秋の波ちゃんがいきなり『琥珀殿シック』になっちゃった、とか？」

「ホームシックみたいに言うな」

笑って返した涼聖の言葉に、琥珀は少し間をおいてから、

「秋の波殿が、野狐《やこ》となられてしまった前後の記憶を、少し取り戻された」

静かな声で言った。

「記憶を？」

医学的に、失った記憶がかなり時間を経てから戻ることがあるのは知っていたので、そういう場合もあるだろうなという程度にしか思わなかったのだが、

「野狐であられた頃の記憶となると……もしや秋の波殿の魂に巣くうものがある、と？」

伽羅は血相を変え、慌てた様子で聞いた。

「いや、それはなさそうだ。白狐様、黒曜《こくよう》殿が探られたし、別宮から玉響《たまゆら》殿もいらして秋の波殿のより深くを探られたが、穢《けが》れの心配はないと」

琥珀の返事に伽羅はほっとした顔をした。

「そうですよね……あのお姿になられて長いですし、穢れがある状態で本宮にはいられないわけですから」

琥珀は頷いたが、涼聖は意味がやや理解しづらい部分があった。

「記憶が戻ったってことは、めでたいことじゃないのか？」

記憶喪失だった人が、記憶を取り戻せば、記憶を失った理由や戻った記憶の内容にもよるかもしれないが、回復過程という意味ではいいことだと思うのだ。

涼聖の問いに、琥珀は少し考えてから言った。

「……今の秋の波殿の成り立ちを考えれば、複雑なところだ」

「秋の波ちゃんの成り立ち？」

「ああ。秋の波殿は野狐になられていた。野狐とは、つまるところ稲荷の禍《まが》つ神《かみ》。穢れに染まったもののことを言う」

確かに、野狐となっていた頃の秋の波の姿は禍々《まがまが》しいものだった。あれが「穢れに染まった」状態なのだろう。

「本宮は清浄《しょうじょう》の地。そもそも穢れが入りこめるものではない。あの時の秋の波殿を覆っていた結界は、秋の波殿がまき散らす瘴気《しょうき》を封じるものであると同時に、清浄すぎる本宮の気に触れることで秋の波殿が消滅するのを防ぐためのものでもあった」

琥珀の説明に、患者に使う薬を希釈《きしゃく》して様子をみる、みたいなものだろうかと涼聖は自分に身近なたとえで想像する。

「でも、悪いとこは全部なくなって、残った綺麗な部分だけでできてんのが、今の秋の波ちゃんなわけだろ？」

残った部分があまりに少なくて、それでなんとか作りだせたのが赤子としての体だったはずだ。短時間で、今の陽よりも幼いくらいの体に成長できたのは、できすぎなほどだろう。

「綺麗な部分だけ、というのは、つまり、野狐となる前に秋の波殿が有していた部分で穢れに侵食されなかった部分ということ。……にもかかわらず、野狐となったあとの記憶を有しているというのにいささか矛盾も感じたゆえ、危惧したのだ」

琥珀は難しい顔をし、伽羅も頷いた。

「なにしろ、これまでは野狐となったものは消滅する以外にありませんでしたからね……。今の秋の波ちゃんはまったく前例のない、異例中の異例と言っていい存在ですから、すべての事柄が手探りですね」

「記憶を取り戻したことで、秋の波ちゃんが不安定なのか？　野狐だった頃の記憶ってなると、愉快なことじゃないだろうし」

秋の波が複雑な事情を抱えた存在であることは涼聖にも分かる。

帰って間もない琥珀のもとに、秋の波を見守っている影燈が文を送ってきたとなると、秋の波の身に何か心配なことが起きていると推測できた。

「……いや、文からは緊急を要するような気配はない」

伽羅から渡された手紙を手にしながら琥珀は言う。

「確かに、緊急性はなさそうだったんで、俺もお帰りになるのを待ってお渡ししたんですけど」

伽羅の言葉に琥珀は頷き、文を開く。そして一通り目を通してから、

「…秋の波殿はやはり、少し不安定なようだ。それで癇癪《かんしゃく》を起こされて、私に手紙を出せとせっつかれた、と」

少し安堵した様子で琥珀は言う。

「よかった」

伽羅も安心した顔で言ったあと、

「でも、秋の波ちゃんが野狐だった頃のことを思い出したとなると……他の空になってる社《やしろ》のこととかにも進展ありますかねー」

伽羅が首を傾げつつ言う。

稲荷に限らず、空になってしまっている社や祠《ほこら》は相当数存在する。

それは、祀《まつ》っていた人間がいなくなった結果、その社にいた神が力を失い自然消滅したのか、それとも何らかの理由でいなくなったのか分からなかった。

しかし、秋の波のように野狐となった稲荷は他にも出ている。野狐など、数百年に一柱、出る

か出ないかだ。それがひと世代で複数出るなど異常だった。

だが、某かの作為があるとして、その理由も目的も分からないまま、秋の波以外の野狐となったものは、なんとかその場から切り離し本宮に連れ戻すことはできても、結局は消滅してしまい、新たな情報を得ることはできなかった。

これまでに分かっていたのは、正体の分からない、秋の波が「アレ」と呼んでいた存在が、少なくとも、秋の波の野狐化には関与していたことだけだ。

それ以外は、秋の波は覚えていなかったが、他の野狐化したものたちがすべて消滅してしまったことを考えれば、秋の波が今も存在していること自体が奇跡とも言うべき事態だ。

「秋の波殿が今回思い出されたのは、何者かが反魂《はんごん》を行おうとしているということだ」

切り出した琥珀の言葉に、伽羅は青ざめた。

「……反魂…」

絞り出したような伽羅の声は微かに震えていた。

それだけでもただ事でないことが分かる。

だが涼聖には、どうただ事ではないのか分からなかった。

「悪い『ハンゴン』って、なんだ？」

その涼聖の声は琥珀と伽羅の張りつめたものを一瞬で壊した。

決して暴力的な破壊ではなく、まるでシャボン玉が弾けて壊れるように霧散して消える壊れ方だった。

それに二人は安堵する。

「涼聖殿って、無自覚クラッシャーですよね」

ほっとした顔で伽羅は言う。

「ん？　変なこと言ったか？　専門用語に対する質問だっただけだぞ？」

「変じゃないです。助かったんで」

「何がどう助かったのか分かんねえけど、どういたしまして？」

不思議そうに言う涼聖の様子に、二人はそれ以上陰鬱な気配に支配されずにすんだ。

自分たちのような存在が「重い気」を纏えば、周囲に影響を与える。

そうならないように日々禊ぎ、気の「静穏」を保つのだ。

その二人が纏いかけた「重い気」を涼聖は何気ない一言で壊した。

それがどれほどのことか、涼聖は気づいていない。

伽羅の言う『無自覚クラッシャー』という言葉は言い得て妙だった。

琥珀は水屋簞笥の一番下の引き出しから、陽が仕舞っている落書き帳と鉛筆を取り出すと、一枚紙を切り取り、そこに「反魂」と書いた。

「『はんごん』とはこのように書く。死んだものを蘇らせるという意味だ」

琥珀の言葉に、涼聖は眉根を寄せる。

「ゾンビじゃねえか」

「いきなり脳内で海外のパニックムービーが再生されたんですけど」

伽羅がすかさず突っ込んでくる。

「認識として、間違ってないだろ？　っていうか、日本は火葬の地域がほとんどだぞ？　蘇るにも、体がなくなってんだから無理だろ？　焼いたあとのお骨にしたって全部拾って骨壷《こつつぼ》に納めるわけじゃねえんだし」

もっともである。

土葬の多い海外だから、ゾンビ映画は成り立つのだ。

日本では、一部地域を除いてあり得ない。

冷静な涼聖の分析に琥珀はふっと笑い、伽羅はため息をつく。

「そうじゃないです……、別に死んだ自分の体を使わなくてもいいんです。そもそも考えてみてください、老衰で死んだとしたら、生き返ってもよぼよぼの体とか、嫌じゃないですか。生き返る意味、ほぼなくないです？」

「それもそうだな。病死でも肉体疾患が悪化しての死だから、結局意味ないだろうしな。じゃあ、どうするんだ？」

涼聖は問い重ねる。

「別の器……つまり、別の体に魂を移すのだ」

琥珀が言う。

「別の体って……」

「涼聖殿、前に、魂魄《こんぱく》の話したの覚えてます？」

伽羅が聞いた。

「ああ、魂が命っつーか、目に見えない部分のアレで、魄が体とかってやつだろ？」

思い出しつつ涼聖が答えると、伽羅は頷いた。

「それです。生きてる間は魂魄が一つでワンセットと思ってください」

「おう」

「魂と魄は同質のものでなくてはならない。まあ、生まれてくる時に魂魄ワンセットになってるもんなんです。魂は原動力であり、魄は魂を守る器。基本的に人界での『死』っていう概念は、魄の活動停止、肉体の死をもってそれと捉えるじゃないですか」

伽羅が確認するように言うのに、涼聖は頷く。それを見て伽羅は続ける。

「守ってくれる器を失った魂は、人界に留まり続けることはできません。別の世界、人が『あの世』だとか『彼岸《ひがん》』だとか呼んでるところに旅立ちます」

「留まっちまうのが、幽霊とかってことになるのか？」

涼聖の問いに伽羅は少し考えるような顔を見せる。

「身内が心配で折りに触れ戻ってくる魂もあるゆえ、十把一絡《じっぱひとから》げに幽霊と呼ぶことはできぬが

反魂

……そうだな、人に害を成したり、死を自覚できずその場に留まり続けてしまうような者たちを『幽霊』と呼ぶことにするなら、そういった者たちはどの者も、そのままの形でこの世に長く存在し続けることはできぬのだ」

琥珀が説明するのに伽羅も頷く。

「存在できないってことは、消えるってことか？」

「大体は、ですねー。そうじゃない連中っていうのは、別の同じようなモノと融合しちゃって、『個』の記憶のない『化け物』って言われるものになっちゃったり、よっぽど力の強いものなんかは『怨霊《おんりよう》』って呼ばれるものにクラスチェンジって感じで」

伽羅の言葉に、

「平将門《たいらのまさかど》とか、か？」

すぐ脳裏に浮かんだ人物の名前を涼聖は口にする。

「将門殿は今は御霊《ごりよう》で神様ですから、クラスチェンジ二回って感じですね」

「分かりやすくていいけど、そのたとえでいいのかよ？」

「分かりやすくするためのたとえですから、問題ないです」

伽羅はきっぱり言い切ったあと、

「で、反魂の説明に戻るんですけど、手順としては、魂魄のうち『魄』、つまり肉体が失われたあと、魂を別の器に移す、それで終了です。別の器が準備されていない場合、魂を保護しないといけません。放っておくと、消えるか、悪くなっちゃうかのどっちかなんで、それを防ぐために力を与え続ける必要があるんです。そうやって魂を保たせつつ、新しい器を見つける」

説明を続けた。

それだけを聞くと、簡単そうに思える。だが、

「でも、魂魄はワンセットなんだろ？　同質のものじゃないとダメだって、さっき言ってたことと合わせて考えりゃ、相当難しくないか？」

涼聖は与えられた情報から推測する。

「そうなんです。そんな体、都合よく見つかるわけがないじゃないですか」

「そうだよな。人間でも、白血病なんかでの骨髄移植の場合、非血縁者だと白血球の型が合うのが数百から数万分の一だけど、それどころじゃない確率なんだろ？」

「そうだ。……たとえ双子としてこの世に生まれ落ちたとしても、魂の質はそれぞれに違う」

琥珀の言葉から、「器」として使える体を見つけるのは天文学的な確率だということだけは分かった。

「使える体が、この時代にあるとは限らない。遠い先の未来で生まれる者が持ちうる可能性もある。それまでの間、ずっと魂に力を注ぎ、保ち続けるってだけでもかなりの労力になります。仮に運よく体が見つかってもーーワンセットである以上、その体には魂がちゃんと入ってることになるわけですから……」

伽羅の言葉に、涼聖は強く眉根を寄せた。

「魂を追い出して、体を乗っ取るってことか……」

「まあ、そんなとこです」

伽羅はそう言ったあと、

「とは言っても、反魂術っていうのはあくまでも理論っていうか概念として成立してるっていうのが現状なんですよ。ぶっちゃけ『こうやったら成功するかもね』ってレベルです。そもそもが禁忌《きんき》でそういうことを考えることすら……ってレベルで」

と付け足し、琥珀も頷いた。

「己の才気を驕り試した者、愛する者を失った嘆きのあまり試した者は存在するが……成功など一度としてない。それが現実だ」

「でも、それをやろうとしてる奴がいるんだな」

涼聖が確認する。

「ああ。……秋の波殿が思い出したことは、何者かが反魂を行おうとしている、ということだけだ。それ以上のことが秋の波殿の魂に残っているのか、それとも覚えておいでではないのかは分からぬ。ただ、御自身が野狐となってしまっていた頃の記憶に触れてしまったことで、ただでさえ不安定な秋の波殿が心労からさらに不安定になって……私がこちらへ戻る時は、まだ私か影燈殿のどちらかが常におそばにいなくてはならなかった。母君の玉響殿も忙しい合間を縫ってまめにお戻りになっていらした」

静かに琥珀が言う。

「その状況で、戻ってきてよかったのか？」

「悩んだが……当の秋の波殿がおっしゃったのだ。私の体が万全になったのに、ここにい続けさせるのは心苦しい、と。幸い、影燈殿の任務が一段落し、影燈殿の代わりに動けるものの算段が付き、秋の波殿のお側役に専任することができるようになったゆえ……」

「……秋の波ちゃん、大変なんだな。陽よりも小さいのに……」

陽よりも小さい体で、でも同じくらいに元気いっぱいでいる様からは、そんな複雑で重い事情を抱えているようには見えない。

だからこそ、まるで爆弾を抱えているような状況を痛々しく思ってしまう。

「あれ？　でも秋の波ちゃんって……確か『魄』っつーか、体、一回なくなってるよな？　あれって、反魂じゃねえのか？」

「正確には違うだろうが、近いとは思う」

琥珀は静かに答えた。

「秋の波ちゃんに関しては、本宮でもその存在が『稀《まれ》』なんですよ。最初に言ったとおり、生まれてくる時に魂魄はワンセットになってるもんなんです。最初からワンセットの『魄』がなくなったからって、じゃあ新しく自分で作りますねー、なんてできる芸当じゃないんですよ。……もともと五尾の稲荷だったからできたっていうようなそんな問題でもないんです。でも、結局、どうして可能だったのかっていうのは、本宮のほうでも分からなくて……。だから秋の波ちゃんって、言わば奇跡《きせき》の存在っていうか……」

「奇跡、か……」

伽羅の言葉に涼聖は呟く。

『奇跡』などというキラキラしい言葉とは裏腹に、秋の波に対して使われたその言葉の印象は、重い。

「あの小さい体で、いろんなもん背負ってんだな」

「まあ、小さいって言っても、中身は大人なんですけどねー。俺も、ついあの見た目にころっとだまされて、会ったらおねだり聞いちゃうんですけど……あとで『あれ？　これって計算だった？』とか思うこと、少なくないです」

伽羅が少し空気を変えるように言い、琥珀は苦笑する。

「……秋の波殿の場合、計算というより、自然とそうなさっておいでだろう。五尾でいらした頃も、同じであったゆえ」

「天然でのタラシでしたか……」

納得した様子で伽羅が返す頃には、重くなりがちだった空気は解消されていた。それを感じ取ってか、

「さて、琥珀殿、そろそろお風呂どうぞ」

伽羅が促す。

「ああ、そうさせてもらおう」

促されるまま琥珀は立ち上がり、一旦部屋に戻って着替えなどの一式を手に風呂へと向かった。

それを見送りつつ、食べ終えた夕食の食器類を盆の上に載せながら、

「涼聖殿、全然話題変わるんですけど、ちょっといいですか？」

そう聞いてきた。

「ああ、なんだ？」

涼聖が食器を片づけるのを手伝いながら返すと、伽羅は真剣な顔をして言った。

「琥珀殿、なんていうか……キラッキラしてません？」

「してるな。……気づいたか」

同意する涼聖に、

「気づかないわけがないじゃないですか！　初めて本宮でお会いした時のキラキラ感を彷彿とさせます……！」

伽羅は興奮した様子で言った。

「おまえが、がきんちょだった頃な……」

伽羅の興奮した様子に、若干涼聖は引きながら言う。

おそらく伽羅の脳内では、高精細画像でその当時——琥珀が八尾だった頃——の姿が再生されているのだろう。

子供のように目を輝かせながら、

「ちょっと、このときめきをどこにぶつけたらいいのか分からないんで、俺、琥珀殿の髪を乾かして帰ったら、久しぶりにパンを焼こうかと思います」

有り余る思いのたけを、パン生地にぶつける所存を伽羅は口にする。

「じゃあ、明日の朝食は焼き立てパンか」

伽羅の思いの詰まったパン、と思うと、若干複雑な気がしないわけではないが、伽羅の作るパンはおいしいので不満はない。

というか、この七尾の『デキる稲荷』は、一体どこに行こうとしているのだろうかと、時々思うことがある。

とはいえ、おいしいものを食べられるので、涼聖としてはまったく問題ないのだが、稲荷として正しいんだろうかとは思うのだ。

——まあでも、ああ見えて白狐さんも、本宮じゃなんかすごいらしいしな……。

リラックスしきった状態で、へそを天井に向けて寝ていた姿が真っ先に思い出される白狐だが、あれでいて本宮で長として仕事をしている時はちゃんとしているらしいので、伽羅も多分、仕事モードの時はすごいのだろう。

というか、その片鱗は何度も見た。

龍神に襲われた時、それまで琥珀を巡って反目しあっていたのだが、涼聖を庇って大怪我を負った。

もし、伽羅が庇わなければ涼聖は命を落としていただろう。

そうなれば、琥珀を自分のものにできるチャンスが巡ってきたかもしれないだろうに、伽羅はしなかった。

それは「人を見守るためにある」という己の存在理由を全うした結果だろう。

「んー、明日の朝食ですかー。パン食希望だったらそうですね……今から仕込んで、ピザ窯《がま》温める時間もあるんで……まあ寝ないでやればできちゃいますけど、オーバーナイト発酵《はっこう》でやってみたいって感じもあるんですよね」

伽羅は涼聖にはよくわからない言葉を入れつつ、朝食パンは絶対的な希望かどうかを言外に聞いてくる。

「いや、何が何でもパンを食いたいってわけじゃない。おまえのタイミングで焼いて出してくれりゃそれで」

話の流れでそうなるのかなと思って聞いただけだったので、涼聖は朝食パンは絶対ではない旨を伝える。

「そうですかー？　あ、でも明日のお昼には焼けるんで、昼食に診療所まで焼き立てパン、届けに行きますよー」

伽羅の申し出に、

「そうか。じゃあ、楽しみに待ってる」

涼聖はそう返してからカレンダーを見た。

「おまえは有り余る情熱をパン生地にぶつけて発散できるとして、問題は俺だよな……。今日はまだ月曜だろ……ってことは、琥珀とデキんのは明後日の夜か…」

琥珀と、そういうことを致すのは、休診日の前日、と一応決まっている。

もっとも、絶対そう、というわけではないのだが、受け入れる側の琥珀の負担を考えればその程度の気遣いは必要だろう。

というか、ある程度の戒《いまし》めを課しておかなければ、琥珀相手となると歯止めやけじめというものが涼聖の中から簡単に吹っ飛びそうな気がするのだ。

とはいえ、長く離れていた挙げ句でのあと二日である。

正直、つらい。

これまでは離れていてどうにもならないから我慢ができていたというか、いたしかたないので処理できていたということもあるのだ。

だが、触れようと思えば触れられる距離に琥珀がいるとなると話は別だ。

土曜は帰ってきていきなりがっつくのもどうかと思って、大人の理性を総動員して我慢したのだが、その我慢が仇になった気もしないではない。

「それまで、持つかな、俺……」

ため息交じりに呟いた涼聖に、

「パン生地には涼聖殿への嫉妬も込めることにしました」

やたらときりっとした顔で伽羅は言う。

それに涼聖は苦笑した。

5

　その頃、本宮の一室では秋の波が仕事の合間にやってきた玉響の膝の上に抱っこされつつ、絵本を読んでもらっていた。

「お母さん山羊《やぎ》のふりをした狼《おおかみ》は、とんとん、とドアをノックして言いました。『坊やたち、お母さんが帰ってきましたよ、あけておくれ』中にいた仔山羊たちは『おかあさんは、そんながらごえじゃない。ウソをつくな』と、狼には騙《だま》されずに言い返しました」

　読んでもらっているのは『おおかみと七匹《しちひき》のこやぎ』だ。

「なんかいもよんでもらってるから、つづき、しってるのに、いっつもどきどきする」

　ぽつりと秋の波が呟く。

「母様も同じですよ。秋の波がこの仔山羊たちのなかにいたら、うまく隠れられるかどうかと考えてしまいますする」

　玉響が柔らかな、少し笑みを含んだ声で返す。

　今日、玉響はこのあと、別宮で仕事がある。

　本宮と同じく別宮も二十四時間稼働であり、白狐は朝拝など儀式があるため、夜に眠り朝に起きる、というサイクルであるが、玉響はそうではない。

別宮は七尾以上の精鋭が集まっているが、人手不足であり激務だ。

そのため、長とはいえ人手不足解消のためには夜勤はもちろん、徹夜も当たり前である。

もちろん、効率化のためにはきちんと休息を取ったほうがいいことが分かっているので、徐々に改善されてきてはいるが、エリートゆえに「できてしまう」彼らは、つい頑張りすぎる。

その結果、「社畜《しやちく》の宮《みや》」などという、まったくありがたくない二つ名で呼ばれているのが別宮だったりする。

秋の波が子供の姿になって以来、玉響は仕事の環境をいろいろ改善し、できる限り休みを取って秋の波のそばにいられるように努めていた。

いや、最初の秋の波の子供時代には、あまりそばにいることができなかった分、今回はその時のやり直しができるのだと前向きにとらえて、とにかく秋の波を愛でるために本宮に通っているのだ。

愛しい秋の波のそばにいられることには、まったく何の問題もない。

問題はないが――せっかく安定してきていた頃だったというのに、蘇った記憶のせいで再び不安定になったことが不憫でならないのだ。

「ははさま、いそがしいのに、おれのせいでしょっちゅうほんぐうへくることになって、もっといそがしくなって…ごめん」

謝る秋の波に、玉響は、ほほっと、笑う。

「何を謝ることがあるのです？　秋の波が母様を恋しがってくれることを、負担に思っていると でも？」

「だって、ははさま、こうやっておれのせわしにきたりしなかったら、もっとゆっくりねたりで きるのに……」

玉響の激務のことは秋の波とて、よく知っている。

だからこそ、玉響にはちゃんと休んでほしいのだ。

「一人で寝ているよりも、秋の波とともにいるほうがよほど癒やされておりますよ」

玉響のその言葉に嘘はまったくない。

玉響の秋の波への溺愛レベルは一般的な「親馬鹿」レベルとは比べ物にならない。

別宮の玉響の机の上に置いてある水晶玉の一つでは、常に秋の波の姿がヘビロテで再生され続けているし、休み時間にはたまの休日に秋の波と出かけるためのリサーチを欠かさず、そして出かける時には予算を気にせず、遊ぶ。

何しろ、夫を失ったあと、秋の波が本宮の仔狐の館で養育され始めてからは、玉響は仕事一筋といっていい有り様で、自分のためにお金を使うというようなことはほとんどなかった。

つまり、百年以上分の給与――一般的な「お金」という形で支給されるわけではないのだが、希望によって様々な形にしてもらえる俸禄《ほうろく》が溜まりまくっていた。

今、それを使っているだけなのだ。

秋の波の笑顔、プライスレス、である。

その秋の波の笑顔を曇らせている存在がある。

玉響に許せるはずもない。

そのものが姿を見せれば、とりあえず殺す、と思う程度にはキレている。

とりあえずの発想が、「殺す」という決定打であるあたり、玉響の怒りの強さは察するに余りあるだろう。

そんな玉響の心情を深く理解してくれているものは多くいる。

特に、月草《つきくさ》は自分のことのように捉えて、玉響と秋の波の身を案じてくれていた。

何しろ、月草にも、玉響にとっての秋の波と等しい存在がいるのだ。

言わずと知れた、陽である。

その陽が秋の波のように、得体の知れぬ何かに攫われ傷つけられでもしたら、と想像し、その悲しさ苦しさは想像を絶すると、玉響の気持ちに寄り添ってくれていた。

『わらわであれば、神社裏に呼び出して、とりあえず寸詰めで切りたおしまするなぁ』

いつものあの口調で、しかし殺意しか籠もっていない声で玉響の「とりあえず殺す」に同意してくれた。

その時に、玉響は確信したのだ。

月草は、永遠の心の友だと。

そんな、殺意高めの玉響は再び秋の波に絵本を読み始めた。

そして読み終わる頃、部屋に影燈がやってきた。

「玉響殿、そろそろお時間です」

読み終えるのを待って声をかける。

「名残惜しいのう……」

玉響はそう言って絵本を閉じる。

秋の波は玉響の膝の上からどけたが、その秋の波を玉響はぎゅっと抱きしめた。

「秋の波、ゆっくり眠るのですよ。離れていても母様が見守っておりますからね」

「うん。ははさまも、おしごとがんばって」

秋の波が返すのに、そっと抱きしめる手を離して玉響は立ち上がる。

そして影燈へと視線を向けた。

「では、秋の波を頼みまする」

「しかと」

短く言って影燈は秋の波とともに玉響を送り出した。

そして二人きりになると、

「秋の波、次は何の本を読む？　もう一度、これを読むか？」

畳の上に置かれた『おおかみと七匹のこやぎ』の絵本を手に、問う。

「ううん。つぎは、『じゃっくとまめのき』がいい」

秋の波はそう言うと、影燈から『おおかみと七匹のこやぎ』の絵本を受け取って、それを本棚に戻し、『ジャックと豆の木』の絵本を持ち戻ってきた。

「じゃあ、布団に入って寝ながら読むぞ」

影燈は言いながら、敷いてある布団の掛け布団をめくって秋の波に寝るよう促す。

秋の波がころん、と敷布団に寝転ぶと、影燈もその横に寝転んで掛け布団をかけ直した。

「かげとも」

ポジションを決めて絵本を開いていた影燈に、不意に秋の波が声をかける。

「どうした?」

「こはく、げんきかなぁ」

「元気だろう。元気になったから帰ったんだしな」

「りょうようにきてたのに、ずっとおれのおもりさせちゃった」

申し訳なさそうに、秋の波は言う。

記憶を取り戻したあと、秋の波は言いようのない不安感に襲われることが多くなっていた。そのために、必ず誰かがついていてはならない状態だったが、その『誰か』は誰でもいいわけではなかった。

秋の波と長く付き合いがあり、気心が知れている存在である。

母の玉響はもちろん、白狐、影燈、そして琥珀の四人がそれに該当し、頼りがいがあるという点では黒曜でも大丈夫だった。

しかし九尾の三人――玉響、白狐、黒曜は忙しく、影燈も遂行すべき任務の代役がなかなか見つからず、影燈の代わりが見つかるまでの間、大体は琥珀が秋の波とともにいた。

琥珀は、療養中で時間をもてあましているのだから、秋の波とともにいたほうが話し相手ができていい、と言っていたが、秋の波は気にしていた。

そして、琥珀が本宮を離れる時も、ちゃんと見送りたかったのに、昼寝をしてしまってできなかったのを悔んでいる。

「そう、しょげるな。子供の間は存分に甘えておけばいい」

影燈が秋の波の頭を撫でながら言う。

「でも……、よるだって、うなされて、すぐおこしちゃったし……」

あれから、秋の波はほぼ毎晩のようにうなされるようになった。

夢を見るのだ。

一人、寂れた鉱山《こうざん》の集落の祠にいた頃の夢を。

赤い目の何かが、秋の波をそそのかしにやってくる。

頷いてはいけない、ついていってはいけないと思うのに、夢の中の自分は男の声に応えてしまうのだ。

そうかと思えば、よく分からない場所にいて、輝く光の玉を中心にして、どこからか連れてこられた神たちが力を吸い上げられている。

――あのお方のために力を使えるのだ、喜ぶといい――

昏《くら》い声が響く。

「まいにち『ゆめ』をみるなんて……」

秋の波が重い声で呟く。

「気にするな。あれは、ただの『夢』だ。おまえの夢に、誰かが渡ってきてるってわけじゃないんだから」

「ほんとうに、そうなのかな」

「ここは白狐様の守りの厚い本宮だ。夢であろうと、不審者が入りこむなんて許すはずないだろう。白狐様を信用しろ。ましてや今は黒曜殿も本宮においでだし、玉響殿の守りもおまえについてるんだから」

安心させるように言う。

秋の波が繰り返し見る夢を恐れるのは、夢にはただの夢と、そうではない夢があるからだ。

ほとんどの場合、夢は何の意味もないものだ。

だが、そうではない夢――一般的に予知夢と言われるものなど――の中には、多少厄介なものがある。

それが秋の波の恐れていることだ。

「夢渡《ゆめわた》り」と呼ばれるものである。

夢を見るのは寝ている時だ。

無意識が支配する時間でもある。

その時は誰もが無防備になりやすく、いろいろなものと繋がりやすい。

そこを狙って、何者かが接触してくるのだ。

たとえば愛しい相手。

会いたくて会えない場所にいるものや、手の届かない存在に強く思いを寄せ、その気持ちを飛ばして相手の夢に干渉する。

もっとも、某かの術を学んでいたりしなければ、一般的な人間の場合、夢渡りなど行うことはできない。

むしろ、できてしまえば厄介だ。

術を使わない夢渡りは、強い執着となっていることが多い。

術を凌駕《りょうが》する執着は、すでに念だ。

マイナス方向に向かえば、よい結果は生まない。

ただの人間であってもそうなのだ。

ましてや秋の波が懸念している相手は、未だ正体が知れないとはいえ反魂を行おうとしているようなものたちだ。

夢渡りくらいは容易だろう。

それを使って、秋の波を取りこみ本宮に害を成そうとしていたら。

また自分が大事な人たちを傷つけてしまうかもしれない。

それが秋の波は怖いのだ。

「ほんとうに、ただのゆめ？」

「ああ。よっぽど怖い思いをして、忘れられなくて見ちまうってだけだ」

影燈の言葉に秋の波は神妙な顔をした。

「だといいけど……でも、よくない」

「なんでだよ」

「いっつも、かげとも、おこしちゃう。こはくだって、まいばん、おこしちゃってた」

申し訳なさそうに言う。

「そんなこと気にすんな。……おまえが乳飲み子だった頃の、二十四時間耐久夜泣きを思えば可愛いもんだ……」

影燈は当時を思い出し、げんなりした顔で言う。

あれは、秋の波が穢れに侵されていない魂から、赤子の体を作りだせたばかりの頃のことだ。

赤子ゆえに意思の疎通《そつう》も図れないため、どうすれば泣きやむのか見当もつかず、泣き疲れて眠るのを待つしかなかった頃がある。

しかもただ泣くだけではなく、思念波を飛ばしながら泣くので、泣き声が聞こえずとも飛んでくる思念で目を覚ます稲荷が続出し、本宮の全員が寝不足を体験することになるという、ちょっとした地獄だった。

「今は本当に寝てる時だけ、しかも一緒に寝てる奴が起きるだけだし、そのあと、またすぐに寝なおしてくれるからな、楽勝だ」

地獄を見た影燈は笑顔で言う。

「なぐさめてくれてるんだろうけど、それはそれで、なんかふくざつ……」

呟く秋の波に影燈は笑う。

「まあ気にすんな。それにおまえもうなされてちゃんと眠れてないだろ？」

「うん。でもひるねするから、だいじょうぶ」

途中で起きてしまうからか、最近秋の波は昼寝をすることが多い。

「ああ、白狐様の昼寝に付き合ってんだったな」

白狐は朝早く起きることもあって、昼食後軽く仕事をしたあと、少し眠る。

その頃、秋の波は白狐のもとに行き、一緒に昼寝をしていた。

「ちょうどいい頃合いでおまえがうなされてくれるから昼寝しすぎることもなくすんでるって白狐様がおっしゃってたから、ある意味怪我《けが》の功名《こうみょう》っていうか、貢献してるんだし、まあいいんじゃないのか？」

軽い口調で影燈は言う。

「うーん……なんか、びみょうなきもちになるんだけど」

「悪いことばっかじゃないってことなんだから、喜べよ。玉響殿だって、おまえがこういう状況だからこそ、大手を振って別宮の仕事を、他の稲荷に振れる分は振ってここに来られるっておっしゃってるくらいだ」

玉響の溺愛《できあい》はもちろん、別宮の稲荷全員が知っている。

それと同時に、秋の波の愛らしさにも、玉響の机の上でヘビロテ再生されている水晶玉によって全員がノックアウトされているし、なんなら秋の波を含めた子供稲荷の動画を個人の水晶玉でもヘビロテしている稲荷が多数いるほどだ。

つまるところ、

「あの可愛い秋の波ちゃんが辛い目にあっているなんて！」

と、胸を痛めているのである。

主に、別宮の女子稲荷が。

よって、彼女たちは玉響に協力的で、肩代わりできる仕事は進んで引き受けてくれ、玉響が秋の波と過ごす時間を増やしてくれているのである。

本当は、秋の波が別宮に行くことができればいいのだろうが、別宮はエリート集団で構成された場所。

その力をいかんなく発揮させるため、気の調整というものが行われていない。

強すぎる力は、秋の波のような幼いものには、時として害になるのだ。

それに対して本宮では見習い稲荷もいるため、気の調整が行われていて、こうして秋の波がいても問題はなかった。

「ほんとうに、いいのかなぁ」

「ああ」

「かげとも、おまえは？　しちびのいなりが、おれのおもりだけとか……。しかも、べつみやとはちがういみで、こくようどののはいか、なんてえりーとなのにさ、きゃりあのちゅうだんじゃんか」

「キャリアの中断とか……俺は企業戦士か何かか？」

影燈は笑う。

「おまえ、本当に人界のドラマ見すぎだぞ。それに、今や人界でも働きすぎは問題になってんだし、おまえと過ごすのが任務なら俺にとっちゃ渡りに船ってところだ。充分、楽しんでるから気にするな」

そう言いながら、ずいぶんと秋の波は気弱になっているな、と思う。

秋の波が見ている夢が一体どういうものなのかは、秋の波の口から聞くだけで想像の域を出ない。

だが、どんな些細な不快さであっても、毎夜となればつらいだろう。

――とはいえ、秋の波の『記憶』から生み出されてる夢だから、どうにもしてやれねえんだよな……。

夢渡りのように外からの干渉によるものなら、対処ができるのだが、そうではない『普通の夢』である以上、どうにもできない。

とにかく今は、少しでも秋の波の気持ちが明るくなるようにしてやることだけだ。

「そんじゃ、そろそろ本、読むぞ」

とりあえず話を切りあげて、影燈は絵本を開いた。

秋の波もこれ以上は話しても、埒が明かないことは理解しているので、黙って影燈が読む絵本に集中し――半分も読まないうちに、寝落ちした。

いつもの眠る時間より少し遅い時刻なので、当然と言えば当然である。

スヤスヤ眠る秋の波の寝顔をじっと見て影燈はそっと囁《ささや》く。

「秋の波、心配すんな。相手がどこの誰でも、もう二度とおまえを連れ去らせたりしない」

敵は叩きのめす。

それだけだ。

「おやすみ」

静かに言って、影燈は秋の波を起こさないように一度布団を抜け出して部屋の明かりを消すと、もう一度秋の波の傍らに戻って目を閉じ、眠りについた。

6

入浴を終えた涼聖が自室に戻ってくると、そこには琥珀がいた。

ベッドに腰を下ろし、置いてあった雑誌を見ていた。

「琥珀、どうした？」

休み前夜なら期待もするが、今夜はそうじゃない。

それに、入浴前にしていた話が、空気はさほど重くはなかったとはいえ、内容はかなりヘビーなものだった。

その件で、涼聖に伝えておくべきことでもあるのかと思ったのだが、琥珀は開いていた雑誌を閉じ、言った。

「別に、どうもせぬ」

とはいえ、何もないのに琥珀がわざわざ涼聖の部屋に来るとは考えづらい。

言い出しにくい話があると見るのが妥当だろう。

涼聖は琥珀の隣に腰を下ろしながら、琥珀が切り出しやすいように、話題を振ることにした。

――秋の波ちゃん関係だとしたら……。

「影燈さんの手紙、やっぱり何か心配なことも書いてあったのか？」

あの場で琥珀は手紙に目を通していたが、涼聖が読んだわけではないので都合の悪い部分は伏せたということは充分に考えられる。

「いや、そんなことはない。……私がこちらに戻る時、秋の波殿は前夜あまり眠れなかったせいで朝食のあともうとうとされていたので、起こさずに黙って帰ってきたのだ。それゆえ、見送ることができなかったことを気にされて落ち込んでおられると。そのことも詫びたいから私に文を出すよう迫られ、秋の波殿の詫び状が添えられていた。……とはいえ、特に危惧するようなことが書いてあったわけではない」

「そうか……」

「もっとも、心配をかけぬよう、伏せていらっしゃるということも考えられるが……私にできることというのも限られている。それに、本宮には白狐様もおいでだし、精鋭の稲荷が複数いるゆえ心配はないのだが……」

そう言いながらも、多少複雑そうだ。

「心配ないと頭で分かってても、つい心配しちまうのは当然のことだろ。昔馴染みの大事な相手となりゃ、なおさら」

そう返しながら、特に文に問題もなかった様子から考えれば、琥珀の用件は何なのだろうかと思う。

流れで反魂の件に行くかと思ったのだが、琥珀は黙したままだ。

——本当に、特に用事もないのに来たのか？

もちろん、そういうこともあっていいと思う。

むしろウェルカムでもある。

デキないということを考えれば多少生殺しではあるのだが、ツン成分多めの琥珀がわざわざ顔を見たいがゆえに来てくれたのだとしたら、貴重以外の何ものでもない。

そんなことを考えていると、

「……私が、涼聖殿に会いたいと思って部屋を訪うのは、そんなに不思議なことか？」

琥珀が聞いてきた。

「心を読むなよ」

勝手にそんな不躾《ぶしつけ》なことはしないと分かっているが、心中を言い当てられたことをその言葉で伝え、涼聖は苦笑いして続けた。

「今まで、おまえがここに来るのは、休みの前の日か、よっぽど気がかりなことがある時だったからな。そう考えりゃ、気がかりがあるんじゃないかと思ったんだが、そうでもなさそうでちょっと安心してる」

「……涼聖殿は、変わらぬな」

穏やかな顔で琥珀は言う。

「いや、水曜の夜まで長いな、とは思ってたぞ」

そう返してから、

「惚《ほ》れてる奴と長く離れてて平気でいられるほど、聖人君子でもなけりゃ枯れてるわけでもないからな。なけなしの理性を総動員して、今こうして座ってんだ」

笑いながら言う涼聖に、琥珀は返す言葉を失って、頬を赤らめる。

琥珀は極端にこういった方面に弱い。

愛だの恋だのといった事柄とは、涼聖と出会うまで無縁できたのだ。

耐性がなさすぎなところが、可愛くて本当に仕方がないと思いながら、涼聖は照れている琥珀の様子を愛でる。

琥珀は、いくばくか間をおいてから、口を開いた。

「……本宮で、体調がずいぶんと上向いてからのことなのだが」

「うん？」

「白狐様から、涼聖殿と情を交わして月日が経つのに、妖力の回復具合が思わしくない、と言われた」

琥珀は言いづらそうだったが、それは以前にも聞いていたことだ。

「それは、龍神とのことがあったり、魂に漏《も》れがあったりしたからだろ？」

だから、琥珀は妖力を溜めることができず、尻尾の数もなかなか増えなかった、ということだったはずだ。

「……それらのことを踏まえても、足りぬ、と」

「つまり、回数がか？　週二だと少ないってのは、まあ同意なんだが」

正直、琥珀がこういった方面に疎い――嫌ではなさそうだというのは分かっているのだが――ことと、体の負担などを考えて、週二回ということに定めてはいたが、足りないというか、まあもう一日くらいあってもいいんじゃないかなとは常々思っていた。

とはいえ、涼聖としても言いづらいことだったので、まさかの白狐からの援護射撃に驚くと同時に、グッジョブ！　と声を上げたい気持ちでいっぱいだった。

しかし、琥珀は目元を朱に染めつつ、涼聖を睨みつけた。

「そうではない」

「違うのか？　じゃあ、一晩にする回数か？」

それももちろん、やぶさかではないわけだが、

「……それも、違う」

恥ずかしさで憤死《ふんし》しそうな様子で声を震わせ、琥珀が返してくる。

これ以上、涼聖が何か言うと、次あたりで「もうよい！」とキレてくるパターンだなと踏んだ涼聖は、黙って琥珀の言葉の続きを待つことにした。

琥珀は気を落ち着かせるように、少し間をおいてから、言った。

「閨房術《けいぼうじゅつ》というものを、知っているか」

「けいぼうじゅつ？　警棒？　あれか、警察官が腰から下げてる。物騒だな？」

それがどう関係してくるのかまったく分からないが、とりあえず涼聖の脳裏に浮かんだ物体はそれだった。

だが、本当に関係なかった。

「違う」

すぐさま琥珀はぶった切ったあと、言い淀むような間を空けた。

「その……閨《ねや》での作法というか…」

俯いて振り絞るような声で言う琥珀は、首まで真っ赤だった。

「あー……、おう」

涼聖は曖昧に答えて、黙する。

琥珀はこのあと、どう説明したものか悩んだ。

というか、そもそも白狐からの話も突然の振りようだった。

あれは、秋の波が記憶を取り戻し、ややした頃だ。

本宮では秋の波が記憶を取り戻した理由――秋の波の魂の奥底に野狐だった頃の穢れが残っていてそこに刻み込まれていた記憶ではないかといった推測や、新たな記憶が蘇る可能性、そして連日連夜夢にうなされる秋の波の様子から、夢渡りの可能性まで、様々なことが議論されていた。

琥珀はただ秋の波のそばにいることしかできずにいたのだが、その日は玉響が時間を作って本宮に来ており、秋の波は玉響とともに部屋で過ごしていて、琥珀は部屋で陽から来た手紙を読み返していた。

そこに白狐がやってきたのだ。

いつも通り、わっさわっさと九尾を揺らして。

「体調はいかがでおじゃる？」

「おかげさまでずいぶんと上向いてきております」

少し前までは、まだどこか自身でも心もとないと感じるところがあったのだが、最近調子がいいなと思い始めてからは早かった。

白狐は真面目な顔でじっと琥珀を見つめてから、また笑顔になり、納得したように頷いた。

「うむ、よいよい。気の流れの滞りもなくなって、もう少し強さを増せば言うことなしでおじゃるな」

「長く養生させていただいているおかげです」

「いやいや、こちらも秋の波のことで助かっているでおじゃる。影燈も急に任務を外れることは難しいゆえ」

「大したことはしておりませぬ。ともに過ごしているだけですから……」

むしろ、そばにいる以外の何もしてやることができないのだ。

できることがない、というのが、歯がゆくて仕方がなかった。

「秋の波にとっては、それが今は何よりでおじゃる。……とはいえ、琥珀殿の回復具合からすれば、そう長くここに留まってもらうわけにもいかぬでおじゃるな。家では陽が首を長くして待っているであろうしな」

琥珀が脇に伏せた手紙に目をやり、白狐は言う。

陽からの手紙にはいつも『おげんきですか?』と軽く琥珀の様子を問う文言はあるが、それはあくまでも定型文的なものだ。そのあとは、集落であった楽しいことしか書いていない。

『いつ、かえるの?』

聞きたくないわけではないだろうと思う。

しかし、問うことで琥珀を焦らせてはいけないと、わざと書いてはいないのだろう。

陽の判断なのか、涼聖か伽羅のどちらかにそう言われたかは分からないが。

どちらにしても「気になっていること」を書かないそのいじらしさを思えば、愛しさが幾重《いくえ》にも募った。

「帰郷をそろそろ視野に入れるとして……時に琥珀殿、涼聖殿と情を交わす頻度はどの程度でおじゃる?」

さらりとした流れで白狐はとんでもないことを聞いてきた。

あまりにさらりと聞かれて、琥珀の脳は内容のギャップというか、脈絡なくぶっ込んでこられた問いに活動を一時停止した。

「……え？」

間をおいて出てきた声は、我ながらずいぶんと間抜けだなと思ったが、本当に、心の底から
『え？』としか言いようのないものだ。

琥珀の様子に白狐はコテン、と首を横に倒すと、

「うむ？　分かりづらかったでおじゃるか？　どの程度の頻度でまぐわ……」

ある程度ストレートな言葉を使ってきて、

「いえ、聞かれた意味は分かっております」

琥珀は慌てて言葉を遮った。

「その、何ゆえそのようなことをお伺いになるのか、と……」

続けて問えば、

「何も助平心で聞いているわけではないでおじゃるぞ？」

念のためといった様子で返してきた。

もちろん、そんな理由で聞いてくると思ってはいないが、まったくの助走なしで聞いてきたから驚いたのだ。

「はい……」

「琥珀殿が涼聖殿と恋仲になって、しばらく経つであろう？　じゃが、そのわりに妖力の戻りが悪いのではないかと思っていたのでおじゃる」

龍神との一件や、陽の力の暴走を止めたこと、それにより起きた魂の裂け目からの力の流出などを差し引いても、白狐が思ったほど琥珀の力は戻っていないのが気にかかっていたらしい。

「睦まじい様子を微笑ましく見守っておったでおじゃるが……、もしや、昼下がりの縁側で寄り添い茶を飲む老夫婦のような関係でおじゃるか？」

「……さほど、とまでは」

「まあ、茶飲み友達というのは大袈裟《おおげさ》にしても、琥珀殿の妖力も戻り具合からして、月一程度、多くて二度ほどかと推測しておじゃるが」

具体的な数字を示され、とぼけても多分追及から逃れることは難しいな、と琥珀は察した。

そもそも、いくら自由度の高い白狐とはいえ、こういったことにまで不用意に首を突っ込むようなことはしない。

問わずにいられないくらい、琥珀の現状について思うところがあるのだろう。

「その……時によりますが、週に二度程度」

重い口を開いて伝えれば、白狐は目を見開いた。

「……え？」

今度は逆に白狐が驚いた顔をし、

「思ったより、多いでおじゃるな」

予想外だ、という様子で言った。

「涼聖殿も、まだ若くておいでゆえ……」

何か言わねばと、思いついたことを口にして、はたしてフォローになっているのか？　と琥珀はうっすら思う。

「あー、そうでおじゃるな。いやいや、涼聖殿の年回りであればもう少し多くともおかしくはないでおじゃるが」

白狐はどこか納得した様子で言ったあと、

「しかし、その頻度で琥珀殿の状態を思い返すとなると……」

しばし目を閉じて考えるような間を置き、再び目を開き、聞いた。

「琥珀殿、閨房術について、知っておじゃるか？」

閨房術。

以前、聞いたことがあるというか、話題に上ったことがある。

誰と、と言えば秋の波とだ。

例のマグロ事件の時である。

「床の作法としては、その、特には何も。そういった方面には、疎《うと》く……」

琥珀が言いづらそうに答えると、白狐は頭を横に振った。

「あー、我が言っておるのは技巧的なことではないでおじゃる、純粋に『術』としてのことでおじゃるが……」

「純粋に『術』として、ですか？」

琥珀が問い返すと、白狐は、

「そうでおじゃる。……ふむ、なるほど、琥珀殿の妖力の戻り具体が思ったほどでなかったのは、回数の問題ではなかったでおじゃったか」

納得、納得、とでもいいそうな様子を見せつつ二度ほど頷いた。

納得されたのはいいことなのかもしれないが、納得された内容が内容だけに琥珀はいたたまれなくなる。

「まあ、余計なお節介ではあるが……妖力の戻りが早ければ、領地の管理も楽になると思うでおじゃる」

白狐の言葉に、

「私が至らぬゆえ、本来本宮において活躍をすべき伽羅殿に尽力いただいておりますこと、心からありがたく、また申し訳なく思っております」

琥珀は改めて、白狐に礼と詫びを告げる。

「いやいや、そういう意味ではないでおじゃる。もともと、本宮の外も見せねばと地方の宮へ異動させておったところ、伽羅の強い希望で琥珀殿の近くにて勧請稲荷《かんじょういなり》となったでおじゃる。勧請稲荷として、人の近くで本宮にいてはできぬ様々な経験を積むことは伽羅の今後にとって、何より有益、伽羅を祀る御仁も、よき者であることだし、本人も充実した日々を送っておろう。それについては本宮より口出し致すようなことは何一つとしてないでおじゃる。伽羅の成長の妨げになると思えば、元より許可をしておらぬ。……それに伽羅がいることで、視察という名目で、我も遊びにいけるでおじゃるしな」

冗談めかしてつけたように白狐は己の願望を付け足しつつ、琥珀が気にすることはないのだと言ってくれた。

「私の至らなさより起きたことではありますのに、ありがたいお言葉です」

琥珀の返事に白狐は目を細めて微笑んだあと、

「伽羅のことに関しては今言ったとおり、何も問題ないでおじゃるが……秋の波により、何者かが反魂を行おうとしていることが分かっておるし、稲荷以外にも数多の神が祠より消えておることが判明しておる。……琥珀殿の近くで起きた崩落事故にしても、まったく自然に起きたことかどうか、何者かが関与しているかは分からぬが、用心するに越したことはないでおじゃる。そのためにも、妖力の戻りは早いほうがよいと思うでおじゃる」

そう続けた。

「……確かに、今の私の力では心許ないことも多いと感じております」

「まあ、さほど深刻に考えずともよいでおじゃる。それに、いわゆる『ぷらいべぇと』なことでおじゃるゆえ、実際にどうするかは琥珀殿が決めればそれでよいとは思うが、閨房術も知識として持っておいたほうが、役立つことがあるやもしれぬ。書庫の、奥院《おくのいん》以外への出入りを許可する旨を伝えておくゆえ、時間のある時に行くといいでおじゃる」

「お気遣い、痛み入ります」

「ちなみに、閨房術の書架は『ゐの参』でおじゃるが、その真裏の『け』の書架が、医術に関する書架ゆえ、日当ての書物を手にしたらそちらの書物も持って、閲覧場《えつらんば》に移動して読むとよいでおじゃる。今の琥珀殿であれば、健康に関したものに興味があると思ってもらえるでおじゃるゆえな。まあ、貸し出し履歴に琥珀殿の名前が残ってもよいのであれば、持ち出し、部屋で読んでもよいでおじゃるが……本宮の大半のものは、琥珀殿に夢を見ておじゃるゆえ……」

白狐はどこか遠い目をして言う。

「私に、夢を、ですか？」

「『アイドルはトイレに行かない』レベルの夢を見ているでおじゃる……」

「はぁ……」

そんなわけあるはずがないのだが、つまるところ、あまり生々しい想像はしたくないということなのだろう。

「分かりました、心がけます」

「すまぬな」

白狐はそう言ったあと、しばらくどうということのない話をして戻っていき、琥珀は白狐の訪れから少し日をおいてから書庫へと足を向けたのだった。

「私が妖力を取り戻すために涼聖殿を利用するようで……その、あまり気は進まなかったのだが、知識としてあったほうがいずれ役立つというか、役立つ？　いや、役立つというのとはまた違うというか……」

顔を上げられないまま、説明する自分の言葉にすら過剰に反応し、耳から首筋から、見える場所のすべてを真っ赤にして、羞恥に震える琥珀の様子に、涼聖はただただ息を吞む。

正直、陽は天使だと思う。

おそらくそれに異論はないだろう。

陽が天使なら、その親——育ての、だが——の琥珀が天使であっても何もおかしくないというか、むしろ天使以外の何者だというのだろうかと思うくらいには、涼聖は完全にテンションが上がっていた。

「それで、学んで……、学ぶと言っても実戦はしておらぬぞ！　書を読んで……！」

疑われるような言動をしたと思ったのか、琥珀は焦った様子で言う。

「分かってる、おまえが浮気したとか疑ってない」

そういったことを口にするだけで、『恥ずか死』しそうになっておいて、浮気などできるわけがないのに、弁解する様子が本当に可愛くて仕方がない。

涼聖が疑っていないと分かると、琥珀は安堵したのか小さく息を吐いた。そして、何か決意したように、顔を上げた。

当然のことながら、顔も真っ赤だ。

「それで、その……」

「あー…、俺としては、異存はない。けど、明日はまだ火曜だぞ？　いいのか？」

念のために問う涼聖に、琥珀は頷いた。

とりあえずＯＫは確認できたので、していいことだけは確かだ。

しかし、ここで一つ問題というか疑問がある。

琥珀は「閨房術」というものを学んできた、というか、書物で知識を仕入れてきたらしいのだが、それを用いてのセックスは何か特別なのかどうか、だ。

相変わらず真っ赤になったままの琥珀に問うのは酷な気がしたが、正解を知っているのが琥珀だけなのだから、聞かないわけにもいかないだろう。

「琥珀、それで……その閨房術ってのでする時は、俺はどうすりゃいい？　なんか、作法みたいなものがあったりするのか？」

「さ、作法……？」

特別なことを聞いたわけではないと思うのに、問い返す琥珀の声は裏返り気味だ。

――よくこんなんで、そういった関係の本、読んだよな……。

妙なことに涼聖は感心してしまう。

「だから、なんていうか……積極性の問題っていうか…、いつもみたいにしていいのか、それとも多少遠慮しておまえのしたいようにってほうがいいのか」

涼聖の言葉に、書物の中のなんやかんやを思い出してでもいるのか、ぷすぷすとショート寸前の音でも立てそうなくらいに琥珀は真っ赤だ。

「あー、無理に言えとは言わない。なんとなくなりゆきで、その時に指示出してくれてもいいっていうか」

なんとか助け船を出してやろうとするのだが、そのいちいちに琥珀は過剰反応しているように見える。

「それは、その……私、が」

「琥珀が主導権握ったほうがいいのか？」

問えば、小さく頷いてくるが、

――無理だろ……。

とことん、こういったことに弱い琥珀が、主導権を握るなんて正直無理だと思う。

そもそも、琥珀も男なので基本的に体は『受け入れる』ためにはできていない。

もちろんこれまでの逢瀬《おうせ》で多少、慣れた体にはなっているが毎回前戯には充分時間をかけなければ負担が大きいのだ。

まして、半年ほど離れていたのだから、かなりの負担になる。

——主導権握るってことは、琥珀が自分で自分をちゃんと慣らしてってそこからか？

そんなことを考えて、涼聖はもう一つの可能性に気づいた。

「もしかして、琥珀が俺に入れるって可能性も？」

「は……？　私が、涼…」

涼聖の言葉を思い返しながら口にしかけた琥珀は、その意味に気づいたらしく、

「違う！　そうではない！」

焦って否定する。

「あ、それならいい。いや、琥珀にされたくないってわけじゃねえけど、仮にそうなら心の準備が欲しかっただけだから」

一応そう言ったものの、否定されて涼聖はあからさまにほっとした。そして、

「えーっと、じゃあとりあえずってのもアレだけど、いつも通り、しよう。そんで、おまえが主導権握らなきゃなんないタイミングを教えてくれ」

涼聖が言うと、琥珀はぎこちなく頷いた。

その琥珀の額に、涼聖はそっと自分の額を押し当てる。

「……可愛すぎんのも、正直、反則だぞ」

囁いた涼聖の言葉に、意味が分からぬ、と小さく返してきた琥珀の声は、少し震えていた。

以前と変わらない様子の琥珀に、涼聖は安堵する。

琥珀が変わってしまうと思っていたわけではなかったが、それでも安堵を覚えるということはやはり不安だったのだろうと改めて思った。

「琥珀、おかえり」

改めて言った涼聖に、琥珀は、今さらなどと笑わずに「ただいま」と返してくれた。その唇に涼聖はそっと触れるようにして口づける。

触れて一度離したあと、再び口づけると涼聖は琥珀の唇を割り開く。

わずかに開いた歯列を舐めて、その奥で遠慮がちに縮こまっていた舌を自身のそれと絡めて甘く吸い上げる。

くちゅっと濡れた水音が響くのに、琥珀の体が震えるのを感じながら、涼聖は口づけの角度を少しずつ変え、舌を貪りながら琥珀をベッドにそっと押し倒した。

長く続く口づけに、うまく息を継ぐことのできない琥珀の頭が酸素不足でぼやけ始め、唇が離れた時には、もうされるがままだった。

涼聖はベッドの外に出たままの琥珀の足をベッドに乗せると、態勢を整えて再びのしかかり、口づけた。

そのうち、口づけだけでも反応し始めた下肢に琥珀は焦る。

「…ん、…っ…涼聖殿…」

濡れた声で名前を呼ぶ琥珀が何を言いたいのか分かっていながら、

「もう少し……」

涼聖は唇を触れ合せたままで囁き、口づけを続けたままで琥珀の脇腹や腰へと手を伸ばす。

触れられただけで琥珀の体をぞくぞくとした感覚が走り抜けていく。

それはこれまでと同じ——いや、それ以上に強い感覚だった。

口づけがようやく終わった頃、琥珀の目は潤みきり、甘いとしか言えない吐息を漏らしていた。

その琥珀の太ももをそっと涼聖の手が撫で上げる。素肌に触れる手の感触で、すでに浴衣のすそを広げられているのが分かった。

「……っあ、あ」

触れられただけで、甘い声が漏れてしまう。

琥珀は自分が上げてしまった声を恥ずかしいと思うが、それ以上に下肢ですでに緩く勃ち上がっている自身が恥ずかしくて仕方なかった。

涼聖が気づいていないはずがない。

しかし、どうにかしてほしいというのも憚られる。

そんな逡巡は涼聖にはお見通しだったらしく、

「分かってるから」

涼聖は優しく微笑んで言ったあと、まず琥珀の腰の下に手を伸ばすと帯をほどいた。そして浴衣を大きくはだけると、琥珀の下着を引き下ろす。

そしてあらわになった自身は涼聖の手で包みこまれた。

「あ、ぁ……」

それだけで涼聖の手の中で自身が震えて熱を増していくのが分かる。

自分の淫らさにいたたまれなくなり、琥珀は目をきつく閉じる。

だから、気づけなかった。

涼聖がしようとしたことに。

それに気づいたのは、琥珀自身の先端が柔らかく濡れた熱いものに包まれたからだ。

「え…、あっ、あ！」

慌てて目を開くと、涼聖が琥珀の下肢に顔をうずめていた。

「涼聖、殿……っ、くち…」

やめさせようと頭に伸ばした手を、反対側の手で優しく指を絡めて握りこまれる。

先端を舐めまわしながら、添えた手でゆっくりとしごいてくる。

腰奥が重くなるような快感が広がって、琥珀は喘《あえ》ぐ。

「は…、ぁ、あっ」

その声に煽《あお》られたように、涼聖は先端の小さな穴に舌先をねじ込むようにして、そこで細かく舌を使う。

湧き起こる強烈な快感に琥珀の体が大きく震えた。

「ああ…っ！　あ、だめ、だ、それ、あっぁ」

ダメになる。

頭が真っ白になりそうな快感に、琥珀は逃げを打とうとするが、しっかりと涼聖に押え込まれていて、それは叶わなかった。

「ぁああ……っ」

涼聖の舌は先端を離れてゆっくりと裏筋を辿って下りたあと、根元の果実に甘く吸いつく。それは自身を舐められるのとはまた違う、甘い感覚を琥珀へともたらした。

「ん…っ…ぅ、あ、あ」

そして、溢れる蜜《みつ》をゆっくりと舐め上げるようにして戻って先端を再び口に含まれ、そのまま深くまで咥《くわ》え込まれる。

気持ちが悦《よ》くて、腰が勝手に揺れてしまうのを止められなかった。

「あっ、あ……っ、あ」

涼聖は口の中の琥珀に甘く歯を立てながらゆっくりと頭を上下させる。幹を擦られる刺激に琥珀は悶える。

「あっ、りょう…もう、あ、あっ」

限界が近くて、琥珀はせめて口の中で果てるのだけは、と懇願《こんがん》するような声で涼聖を呼んだ。

決定的な言葉を口にせずとも涼聖は気がついているはずなのに、無視を決め込んだ。

いや、それだけではなく、先端近くまで顔を上げた涼聖は、幹の部分を指の輪で強く擦り立てながら、強く吸い上げた。

頭のてっぺんまで突き抜けるような悦楽に、琥珀があらがえるわけもなかった。

「ぁあぁああ……っ！」

悲鳴じみた声を上げて、琥珀は涼聖の口の中で達した。

「あっ、あ…ぁ、あ」

声が止まらないのは放たれたそれを呑みくだす涼聖の口腔の動きや、幹を扱き続ける指の感触に煽られるからだ。

そのうえ、すべてを舐め取るように繰り返し先端で舌をひらめかせては吸い上げてくる。

散々舐めまわされて、解放された琥珀は、荒い息を継ぎながら脱力した。

もう体のどこにも力が入りそうになかった。

「琥珀、大丈夫か？」

問う声すらどこか遠い。

「無理そうなら、ここでやめるぞ？」

気遣う声に琥珀は目を閉じたまま緩慢に頭を横に振った。

それに涼聖が少し笑う気配がして、その後、何かの蓋が開けられる音が聞こえた。耳馴染みのある音に、少し落ち着こうとしていた心臓が、また小さく跳ねる。

琥珀の予測は外れておらず、ぬめるものを纏った涼聖の指先が琥珀の両脚の奥にある、小さな窄まりへと触れてきた。

「久しぶりだから、もしかしたら、キツいかもしれねえから…その時は我慢しないで言え」

言いながら窄まりを撫でるように指が動く。その感触のくすぐったさに、ふ、と声が漏れた瞬間、指が一本、入りこんできた。

「っ…ぅ、あ」

中の襞を開いていくその感触に声が上がる。

痛みを感じていないことは、甘い声音で分かったのだろう。涼聖は遠慮なく奥まで指を忍びこませた。

そして、弱い場所を弄ぶようにしながら何度か抜き差しを繰り返す。

「は、ぁっ、あっ…」

久しぶりであっても、そこでの愉悦を知っている体が蕩《と》けかければ、あとはなし崩しで、ローションを足しながら指が増やされる。

ためらうことなく埋められた指が、小刻みに動きながら中を蹂躙《じゅうりん》していく。

敏感な襞を擦られて、湧き起こる快感に琥珀の腰ががくがくと揺れた。

「ぁあ……っ」

喜ぶように内壁がうねって、触れられていない琥珀自身が後ろからの刺激だけで勃ち上がって蜜を滲《にじ》ませ始める。

「ぁっ、ぁ…ッ、あっ、あ」

喘ぐ声が抑えられないのに、弱い場所を繰り返しなぞられて、快感で頭がおかしくなりそうになる。

いつの間にか三本に増えた指が、ぐちゅぐちゅと酷く濡れた水音を立てて、琥珀の中を蕩けさせていた。

しかし、指では届かない奥が疼くのを琥珀は感じて、そんな自分の淫らさを恥ずかしいと思うのに、羞恥を覚えるほどに悦楽が深くなる。

「ぁ、ああ…っ、ぅ、ん…ん……っ！」

肉襞をとろとろに蕩けさせ、腰を震わせる琥珀の中から涼聖はゆっくりと指を引き抜いた。

そして琥珀の耳元に唇を寄せる。

「なぁ、琥珀……このまま、しちまっていいのか？」

問われている意味がにわかには分からなくて、琥珀がぼんやりと目を開けると、涼聖は苦笑いを浮かべた。

「なんか、術がどうとかって、あるんだろ？」

その言葉に琥珀は閨房術のことを思い出した。

「……ぁ」

「今日じゃなくていいなら、次でも……」

琥珀の様子を慮ってくれたのだろうということは分かったが、一度決心がくじけたら次は今日より恥ずかしいだろう。

「だい、じょうぶ…」

「そうか？　あ、どうすりゃいい？　琥珀が主導権握るってことは……」

「その、上、に」

中途半端な説明だが、涼聖は理解してくれた様子だ。

「分かった。ちょっと待ってくれ。パジャマ、脱いじまうから」

涼聖は言うと手早く纏っていたパジャマを下着ごと脱ぎ捨てる。そして、琥珀をゆっくりと起き上がらせると、自分は代わりに横たわった。

「なんか、手伝うか？」

体を起こしてもらったまま動けない琥珀に涼聖は声をかける。

「い、い……平気、だ」

琥珀はのろのろと体を動かす。

涼聖は平静そうな声をしていたのに、下肢のそれは充分に熱を孕《はら》んでいた。それが目に入るだけで頭がおかしくなりそうなほど、恥ずかしくなる。

その羞恥を押し殺して、琥珀は涼聖にまたがった。

膝立ちになり、後ろ手で涼聖のそれの位置を確認して、ゆっくりと腰を下ろす。涼聖自身の先端が指で慣らされた蕾に触れただけで、体が震える。

「ふ…ぁっ」

グズグズに腰が崩れそうになって、涼聖のそれがつるりと逃げる。

「ぁ……」

琥珀は震える腰を必死でなんとか留めて、それを埋めようとするのだが、なかなかうまくいかなかった。

「絶景だけど、正直、生殺しだな」

苦い笑みを浮かべて涼聖は言うと、

「琥珀、もっかい、ちゃんと腰、上げて」

崩れ落ちそうになっている琥珀に指示を出す。

その言葉に琥珀は震えながら、なんとか腰を持ちあげた。琥珀の腰を涼聖は両手でしっかりと捉えて固定する。

「そのまんま、ゆっくり腰、落として」

言われるままに腰を落とすと、蕩けた蕾にしっかりと涼聖のそれが押し当てられた。そして割り広げるようにして中へと入りこんでくる。

「ッあ、ぁ……っ」

弄ばれた肉襞を擦っていく感触に琥珀の腰が跳ねる。

「こら、琥珀…抜けちまうぞ」

笑みを含んだ声に、返す余裕などなかった。

「あっ、あ…あ」

半ばほどまで収めたところで、琥珀は動きを止めた。

涼聖の腹筋に手をつき、俯いたまま、微かに震えている。

「琥珀？」

無茶はさせていないつもりだが、慣れない体位で痛みでもあるのだろうかと思ったが、琥珀は頭を横に振ると、おずおずと脚に力を入れて必死でその場所で腰を上下させた。

「……う、ぅ…、あっ……あ、あ……っ」

自分の意思で腰を揺すっているのに、体の中を擦るそれは、されている時と同じ感触で、琥珀の体がカタカタ震える。

「ん…、あ、っあ、ふ…」

ぎこちない動きで必死で腰を揺すって、沸き起こる悦楽はいつも涼聖にしてもらうような強いものではないのに、重なった弱い悦楽に琥珀は簡単に飲み込まれそうになる。

そして、突然怖くなって、動きを止めた。

「あ、あぁ…、あ、あ」

立てていた涼聖の膝に腕をついて、体が落ちないように必死で支える琥珀の自身からは達してしまったような蜜がとろとろと溢れていた。

「動くの、無理か？」

達した瞬間、崩れ落ちて全部を自分の体重で飲み込んでしまうことを本能的に悟ったのだろう。それへの恐怖が先立って、動けなくなったらしい。

だが、その恐怖も脳は刺激に変換して、琥珀は甘く達したらしかった。

「無理、すんな」

涼聖は言うと、琥珀の腰を摑み直し落ちきらないようにしてやりながら、腹筋を使って体を起こす。

それで琥珀の中に入っているそれの角度が変わってしまったらしく、

「ぁッあああ」

背を反らせ、声を上げた。

「悪い、とりあえず、そのまんま後ろに寝転んじまえ」

片方の手を琥珀の背に回して、もう反対の腕でしっかりと腰を抱くと、涼聖は琥珀を押し倒した。

背中がベッドについたことで琥珀が安堵するように息を吐いたのを見計らうようにして、涼聖は自身を琥珀の中に深く突きいれた。

「あっあっぁっぁ、……！」

奥まで入りこんだそれに焦れきっていた奥の襞がうねるようにうごめき、それと同時に琥珀の中で愉悦が弾けた。

「あっ、あ、…っ…！　あ」

奥まで入りこまれただけで達し、悦楽に震える琥珀の腰を乱暴に掴むと、涼聖は無遠慮に腰を使い始めた。

「あぁぁ…いっ…ぁ、あ」

達している最中に中を繰り返し突き上げられ、琥珀は声も出せないほど感じきる。

頭が溶けてしまうくらいの悦楽に、琥珀は中を痙攣《けいれん》させながら達し、また自身からも蜜を溢れさせた。

「……っ、ま…っァ、あぁぁああ！」

待って、と言葉にすることすらできず、繰り返し達してしまう。

だが、涼聖は遠慮なく中をえぐるようにしてかきまわし、琥珀の中を蹂躙する。

もう琥珀は声すら出せず、開けっ放しになった口からは「ああ、あ」と母音が漏れ出るだけになっていた。

無意識に逃れようとしたのか琥珀の手がシーツを掴む。

その手を上から重ねて捉え、動きを封じてから容赦のない抽挿を繰り返した。

「あ、あ、あ……」

最奥の襞を繰り返しなぶられて琥珀の眉根が強く寄る。

苦しげなのにどこか愉悦に蕩けた様子に、涼聖は一際強く腰をぶつけると、一番奥に熱を迸らせた。

そして媚びるように蠢《うごめ》く襞へ精を擦り込むように繰り返し腰を揺らしてすべて注ぎこんだあと、抜かないままで琥珀を見つめた。

琥珀は荒い呼吸を継いで、時折揺り返しのような波に体を震わせていたが、少ししてから薄く目を開けた。

「琥珀…悪い、無茶した。平気か?」

乱れかかる髪をそっと撫でつけてやりながら涼聖は問う。

「……ああ」

かすれた声で琥珀は返してくる。

「そんで、術、ちゃんと使えたのか?」

「……よく、分からぬ」

どこか拗ねたような口調で言ったあと、

「涼聖殿は、その……逆に、何か感じたか」

恥ずかしそうに聞いてきた。

「いや、そもそも久しぶりだったし、おまえが上に乗ってくれんの自体が初めてで、舞い上がりすぎてよく分からないな。けど、すげえよかった」

涼聖らしいと言えば涼聖らしいストレートな物言いだったが、琥珀は恥ずかしすぎて力の入らない手で涼聖の腕を軽くつねった。

「こら、おイタをするなって」

笑いながら涼聖は琥珀の鼻をかるくつまむ。

その時、涼聖を受け入れたままの琥珀の中が、まるで何かをそそのかすように蠢いた。

「こら、琥珀。止めてやれないだろ」

苦笑いをして涼聖は言うが琥珀にもどうにもできないのか、琥珀は頭をふるふると震わせるだけだ。

「ん…っ、あ、あ…中っ」

琥珀の意思を裏切って蠢き始めた内壁に、戸惑う声が上がる。

「術のせいか？　それとも久しぶりだからか？」

「わ…からぬ…」

「まあどっちでもいいか。据え膳だと思って、悪いがもう一回食べられてくれ」

涼聖はそう言うと、蕩けきった琥珀の腰を抱え直し、ゆるく腰を使い始める。

中に放たれたものが抽挿のたびにぐちゅぐちゅと音を立てながら、溢れだすのが分かる。

その感触にいたたまれなくなりながら、琥珀は再び愉悦の波に呑まれた。

7

翌朝、伽羅が朝食の準備のためにやってきた時、すでに琥珀と涼聖は起きて、身支度を終えていた。

だが、その二人の姿を見た途端、伽羅は目を見開き、そしてそのまま一気にご立腹モードに突入した。

なぜなら、琥珀のキラキラ加減がハンパなく、そして涼聖はやたらすっきりとした顔をしていたからだ。

何があったか、など聞かなくても分かる。

というか、聞きたくない。

察しているから聞きたくないのである。

「陽ちゃんに気づかれる前に、そのキラキラオーラ消してくださいっ！　はい、散らして散らして！」

伽羅は琥珀の前で何かを払うようにバタバタと手を動かす。

「そんなんで散るもんなのか？」

呆れた様子で言う涼聖に、

「涼聖殿……しばらくパン食続くと思ってください。パンをこねる作業がめっちゃくちゃはかどりそうなんで！」

伽羅はキレたまま宣言する。

「パンもよいが……我は久しぶりにピザが食べたい」

伽羅のキレ芸に起きたのか、金魚鉢の中から龍神が言った。

「じゃあ、昼食。パンにトマトソース塗って、ピザの具材を挟んでホットドッグにします？　ちょっと今日、ピザっていうの、無理なんで」

キレつつも、リクエストをされると期待にこたえなくてはと思ってしまうのか、伽羅は律儀に返す。

「チーズを多めに頼む」

「はいはい。診療所へ持ってくパンもホットドッグにしますか？」

ついでに問う伽羅に、

「俺たちは手間にならないのでいいぞ。でも、陽には聞いてやってくれ」

涼聖が言った時、陽がややまだ眠たそうな顔で肩にシロを乗せて部屋から出てきた。

「こはくさま、りょうせいさん、きゃらさん、おはようございます」

「おはようございます、陽ちゃん、シロちゃん。朝ご飯の準備、今からしますから、お顔洗ってきてくれますかー？」

伽羅はさっきまでのキレ芸をあっという間にしまい込むと、にこやかな笑顔で陽に挨拶をしてみせる。

その変わり身の早さに、琥珀と涼聖は微笑みつつ、陽とシロにそれぞれ「おはよう」と挨拶をして洗面所に行くのを見送った。

香坂家の、以前通りの平和な――多少伽羅はキレているが――朝が戻ってきたのを、涼聖は感じていた。

◇
◆
◇

昼食は伽羅が約束通りに焼き立てパンを持ってきてくれた。

ピザ風ホットドッグが一つずつに、シンプルなコッペパンが二つずつ。

挟み込む具材に関しては、診療所の冷蔵庫にあるものを適当に使うと言っておいたので、伽羅は陽のためにピーナッツバター――相変わらず陽はピーナッツバターが好きだ――を持ってきてくれていた。

「やきたてのパン、おいしい。おなかいっぱいたべちゃった」

パンパンに膨れたお腹をさすりながら、陽がにこにこ笑顔で言う。

陽はホットドッグを食べたあと、コッペパンにじゃことピーマンを甘辛く炒めたものをたっぷり挟んで食べ、小鉢に入れた肉じゃがも完食、そして味噌汁も飲んだあと、デザートと称して二つ目のコッペパンの半分にピーナッツバターを挟んで食べた。

「そなたのこの小さな体に、よく収まるものだと感心する」

食後のお茶を飲みながら琥珀は言う。

琥珀も陽と同じ量を食べ満足した様子だが、大人と子供という体格差を考えれば、育ち盛りの陽の食欲はすごい。

もっとも、受付で座りっぱなしの琥珀と違い、陽は朝から三時間ほどお散歩パトロールの任務をこなしているので、お腹が空いていて当然ではあるのだが。

「よく食べて、よく遊んで、よく寝る。元気な証拠だ」

涼聖はそう言って陽の頭を撫でる。

琥珀が本宮に行ってすぐの頃は、さすがの陽も、少し食欲が落ちた。

出したご飯はちゃんと一人分食べるが、おやつの量が減ったのだ。

買い物に出かけた時に、いつも陽のおやつを一つ買うのだが、

『まだ、まえのがのこってるから、きょうはいい』

そんなふうに言ったことが、二度ほどあった。

陽がお菓子を辞退するなどということはよっぽどだというのが、涼聖と伽羅の一致した見解だった。

とはいえ、少しすると琥珀の不在に慣れてきたのか、順調にお菓子も減るようになったので安心した。

不在に慣れて、少しずついつもの明るさを取り戻し、集落でもいつも通りに笑顔で、いろんなことを楽しんでいたが、やはり琥珀が戻ってきてからは、違う。

琥珀不在中でも「百パーセントの笑顔」「百パーセントの元気」を感じさせることはあったが、琥珀がいると軽々百パーセントを超える、そんな感じだ。

「げんきなのは、いいことでしょう？　こうたくんが『げんきがあれば、なんでもできる』ってプロレスラーのひとのまねをして、よくいってる」

陽は楽しそうに言う。

「孝太くんが言うと、本家の人並みに納得するな」

涼聖は頷きつつ言ってから、時計を見やった。

時計の針は一時半を回っていて、そろそろ往診の準備の頃合いだった。

「陽、今日は往診についてくるか？」

視線を陽に向け、涼聖は聞いた。

琥珀が不在の間、往診日にはついてくることが多かったが、琥珀が戻ってきたのでもしかした

ら留守番をしている、と言うかと思ったのだが、

「きょうのおうしんは、どこにいくの？」

行き先によって決めるつもりのようで、聞き返してきた。

「今日は、瀬戸崎《せとざき》のおじいちゃんのとこと、安沢《やすざわ》の大おばあちゃんのところと……」

涼聖は予定している先を挙げる。

暖かい季節には診療所に定期的に来られるものの、雪の積もる季節は足元が危険なのでなかなか来ることができない高齢者も多い。

それが理由で冬の間に病状を悪化──少しくらいの痛みなら我慢してしまう人が多いのだ──させてしまうことがあるので、涼聖が積極的に冬の間は往診に出ることにしている。

「それから、園部《そのべ》のおばあちゃんのところだな」

往診ルートの最後に挙がった名前に、陽は少し心配そうな顔をした。

「そのべのおばあちゃん、まだしんりょうじょにこられないくらい、おからだ、わるいの？」

園部というのは、去年百歳を迎えた、集落で一、二を争う御長寿の一人だ。

高齢ゆえの衰えはあるが、健康にはあまり問題がない。彼女の家は診療所まで歩いて十分足らずの場所にあるので、秋までは杖をつきながらヘルパーとゆっくりと歩いてきていた。

だが、たとえ十分足らずの距離とはいえ、雪が積もる中、彼女が来るのは困難なので、冬の間の往診先に入れている。

しかし、徐々に雪が解け、往診から通院に戻す高齢者が増えている中、家が近いのに園部を往診する、と言う涼聖の言葉に、陽は不穏なものを感じたらしい。

「いや、どこか悪いってわけじゃない。雪が解けてきたっていっても、まだおばあちゃんの足だと来るのは難しいからな」

涼聖が言うと、陽は安心したような顔をしたあと、

「おうしん、いっしょにいく」

と返事をした。

その返事に涼聖は陽の頭をもう一度撫でると、

「じゃあ、準備してくるから、少し待っててくれるか？」

立ち上がり、往診の準備をしに行く。

そしてほどなく準備を整えて戻ってきた涼聖とともに、陽は往診に出かけた。

最初に立ち寄ったのは、園部の家だった。

家の前にはケアセンターの車が止まっていて、ヘルパーが来ているのが分かった。

玄関に入り、声をかけると部屋の中から顔馴染みのヘルパーが姿を見せた。秋まで、園部を診療所に送ってきていたヘルパーだ。

「こんにちは、香坂先生、それに陽ちゃん」

ヘルパーも陽のことを知っているので、涼聖の隣に立っている陽を見ると挨拶をしてきた。

「こんにちは」

　ぺこりと頭を下げて陽も挨拶を返す。

「陽ちゃんが来てくれるなんて、園部さん、きっと喜ぶわ」

　笑顔でヘルパーは言い、二人に上がるように促した。それを受けて涼聖と陽は園部の家に上がった。

　園部はリビングと続き間になっている和室に置かれた、介護用ベッドの上に、背もたれのようにマットレスを立てた状態で体を起こしていた。

「あらあら…陽ちゃん、一緒に来てくれたのねぇ…」

　涼聖の後ろから姿を見せた陽を見て、園部は顔をほころばせた。

「おばあちゃん、こんにちは」

　陽が挨拶すると、園部は可愛くて仕方がないという様子で繰り返し頷きながら、

「こんにちは、陽ちゃん。元気にしてた？」

「うん。おばあちゃんは？」

　気遣う言葉を口にする陽に、園部はやはりにこにこしながら、

「元気、元気。でも、雪の間、ずーっとおうちの中にいて、お散歩できなかったから、足が弱っちゃってねぇ」

　と話す。

「しばらく風邪をひいて、センターでの歩行練習にいらっしゃれなかったことも、ちょっと響いてしまっていて」

ヘルパーが涼聖に説明を加える。

「あの時は微熱も続いてましたからね。おばあちゃん、一通り診察させてもらっていいかな」

仕方のないことだと言外に涼聖は言いながら、血圧を測ったり、心音や肺の音などを聞いたりして様子を見る。

「特段、問題はないですね。雪が残ってる間は老人保健センターで歩行器使ったりしながらしっかり歩く練習をして、暖かくなったらまた散歩してください。その時は陽がお供しますよ」

涼聖が言って陽を見ると、陽は神妙な顔をしていた。

「陽？」

どうかしたのか、という思いを込めて名前を呼ぶと、陽は何か別のことを考えていたのか、ハッとした顔をして涼聖を見た。

「りょうせいさん、なに？」

「暖かくなったら、また、おばあちゃんが外に散歩に行くから、その時は陽がお供できるかなって聞いたんだ」

涼聖が言うと、陽は、

「うん、あたたかくなったら、おさんぽいっしょにいこ」

そう返事をしたが、いつもと少し様子が違うように思えた。とはいえ、

「そういえば陽ちゃん、琥珀ちゃん帰ってきたんだってねぇ」

園部が琥珀の話をすると、

「うん！　どようびにかえってきたの」

ぱぁっと笑顔を見せて話し始める。

それは、普段の陽だった。

園部の話し相手を陽に任せて、涼聖は隣の部屋でヘルパーと少し話す。

高齢なので、いつ何が起きてもおかしくはない。

「食事の量が少しずつ減っているのが気がかりですね。今現在の訪問は二日に一度でしたね」

「はい。身の回りのことはゆっくりですができになるので。私たちが来られない時は近所の方が様子を見に来てくださっていて」

「一旦、毎日の訪問に切り替えたほうがいいかもしれません。本当は、短期間でも施設で体力つけてもらってっていうのがいいんだけど……おばあちゃんは在宅希望ですしね」

慣れ親しんだ家で最期を迎えたい、という願いはごく自然なことだと思う。

「病院で迎える死」というものが多くなってからは、自宅で看取るということは一時期、ずいぶんと減った。

しかし、在宅看護のための仕組みが、様々な問題はあれど形作られてきている今、自宅で最期

を迎える者も少なからずいる。

集落の住民の大半は、できるならば、と思っているだろう。

「一応、園部さんに、先生が体力作りのためにしばらく施設に泊まったほうがいいんじゃないかっておっしゃってたってお伝えして、相談してみますね」

「よろしくお願いします。でも、園部さんの気持ちを、最優先で」

医師としてよかれと思うことと、患者の願うことが一致していないこともよくある。

どちらを優先するのかで悩むことはあるが、園部のような高齢者の場合、涼聖は本人の満足を最優先することにしている。

「分かりました」

そのあと、少し話をしてから、園部と陽のもとに戻った。

陽は園部のベッドのそばのイスに座って、園部が暗記している昔話を聞かせてもらっていた。

「最後のお地蔵さんの分の笠《かさ》が足りなかったので、おじいさんは自分の頭の手ぬぐいを外すと、『傘が足りんもんで、わしの手ぬぐいですみませんが、かぶってくだしゃんせ』お地蔵さんの頭の雪を払い、手ぬぐいを巻いてあげました」

もう話は半ばを越えているので、物語が終わるまで待つことにした。

園部の語り口は柔らかく、聞いていて落ち着いた気持ちになる。

「……お地蔵さんの持ってきてくれたお米で餅をつき、二人は楽しく正月を迎えることができたのでした。めでたし、めでたし」

話が終わったところで、

「陽、昔話聞かせてもらえてよかったな」

涼聖が声をかけると、陽は、うん、と頷いてから、

「おばあちゃん、ありがとう」

園部に礼を言う。園部はにこにこ笑うと陽の頭を愛しげに撫でた。

「また、おいでね」

「うん」

陽は言って、イスからちょんっと降りる。そして、園部に手を振って、涼聖と一緒に園部の家をあとにした。

車に戻り、次の往診先に向かうが、いつもならあれこれ話す陽が無口だった。

もちろん、いつもしゃべりとおしているわけではなく、黙っている時もあるが、今日の沈黙は気にかかる沈黙だった。

ルームミラーで後部座席のチャイルドシートに収まっている陽を見ると、何か思いつめるような顔をしていた。

「陽、どうかしたのか？」

園部の家にいた時も、どこか上の空だったことがあったのを思い出し、問う。

陽は問う涼聖の声に、少し迷うような間を置いてから、

「おばあちゃん、おからだのぐあい、どうだったの？」

そう聞いてきた。

「んー、特別問題が起きてるってことはないんだけど……、弱ってるところはいろいろあるな。まあ、おばあちゃんの年齢から考えたら仕方がないって言ったらそれまでってなっちゃうけど、年齢なりってやつだな」

実際、そう言うしかなかった。

年を経るにつれて、体のいろいろな部分の機能が落ちる。

それは、内臓とて例外ではないのだ。

消化機能が落ちて食べ物を受け付けられなくなれば、それはそのまま死へと向かう。

病院では点滴をはじめとした様々な処置を施し患者の命を守るが、それはそれで、いろいろな問題を孕んでいる。

「おばあちゃん、また、しんりょうじょまでこられるようになる？　あたたかくなったら、おさんぽ、いけるようになる？」

「正直、様子を見ないと分からないな。今は家の中を伝い歩きするので精一杯だから……。それに、今のおばあちゃんが診療所で誰かから風邪でももらったら、そっちのほうが危ないから往診のほうが安心だ」

涼聖の言葉に嘘はない。

もちろん、頭に様々な可能性はよぎっているが、陽に言うべきではない。

「おばあちゃんのことが、心配か？」

涼聖が聞くと、陽は黙って頷いた。

「陽は優しいな」

そのまま頭を撫でてやりたかったが、後部座席の陽には手が届かない。

陽の様子が気になりながらも、涼聖は次の往診先へと車を走らせた。

◇◆◇

往診を終えて診療所に戻ったのは、もうすでに夕方からの診察の受付が始まったあとだった。

診察は受付が始まってから三十分してからなので問題のない時間での戻りではあるのだが、待合室には数名がすでに来ていた。

「陽、これ、琥珀に渡しておいてくれるか」

涼聖は往診で使ったカルテを陽に渡した。

「うん」

「悪いな」

涼聖は言って、診察準備を整えに向かう。

陽は渡されたカルテを持って待合室に入り、受付カウンターの脇から琥珀がいる中へと向かった。

「こはくさま、りょうせいさんが、こはくさまにわたしてって」

「……分かった」

琥珀は陽の顔を見て、少し間を置いてから返事をし、カルテを受け取った。

「……こはくさま、あのね、そのべのおばあちゃんのおうちにいったの。それでね…」

話しかけた陽に、琥珀は人差し指を唇の前にそっと立てた。

「陽、その話は家に戻ってからだ」

「…はい……」

素直に返事をしたものの、寂しげな顔をする陽の頭を琥珀は優しく撫でる。

その琥珀に陽はそっと抱きついた。


家に戻り、いつも通り陽は伽羅に風呂に入れてもらった。

流れではそのまま伽羅が寝かしつけをしてくれることになるのだが、風呂を上がった陽とシロが伽羅とともに居間に現れると、

「伽羅殿、今宵は私が陽の絵本を読もう。約束しているのでな」

琥珀はそう言い、立ち上がった。

「そうでしたか。じゃあ、陽ちゃん、おやすみなさい」

「おやすみなさい、りょうせいさん、きゃらさん」

「おやすみなさいませ、りょうせいどの、きゃらどの」

陽とシロはいつものようにお休みの挨拶をして、琥珀とともに部屋に戻った。

寝支度の整えられていた布団に入ったところで、琥珀は声が漏れないように軽く室内に結界を張った。

そして、聞いた。

「陽、いかがしたのだ?」

その問いに、陽はぐしゃっと顔の表情を崩した。

「……そのべのおばあちゃんが、しんじゃう…」

そう言う陽の目には涙が溜まっていた。

陽の枕元にいたシロは衝撃的な陽の言葉に息を呑んだ。

「どうして、そう思う」

「おばあちゃんのけはいが、すごく、すごくうすくなってたの。……りょうせいさんは、あたたかくなって、おばあちゃんがおさんぽにいけるようになったら、ボクにおともして、いっしょにさんぽにって。……でも…」

園部の気配の薄さは、怖いくらいだった。

それに、無理だと、分かった。

琥珀は静かに頷いた。

「……ほかに、何が視《み》えた?」

問う琥珀に、陽はしばらく黙したが、戸惑いながら口を開いた。

「……おばあちゃん、ひとりだったの…。よるだとおもう。おそとはくらくて、だれも、おそばにいないときに、しんじゃうの……」

琥珀はただ、黙っていた。その琥珀に、

「おばあちゃん、かわいそうだよ……! だれもいないときに、しんじゃうのなんか、ぜったいかわいそうだよ」

目から涙を溢れさせながら言う。

園部は陽にとって、優しいおばあちゃんの一人だ。

いつもにこにこしていて、雪が降るまでは、ぼちぼちと散歩をしていたし、家の縁側に座ってお茶を飲んでいることも多かった。

陽は散歩の途中に園部が縁側にいたら必ず立ち寄って話をした。

園部の、柔らかな声が好きだったからだ。

「……人の生死に関して、手を加える。それは決してしてはいけないことだ」

だが、琥珀が口にしたのは、陽にしてみれば冷たい、と感じる言葉だった。

「おばあちゃんが、ひとりでしんじゃうってわかってるのに、なにもしちゃいけないの？　おそばに、いてあげるのも、だめなの？」

泣きながら陽は言った。

シロは複雑な顔で琥珀と陽の顔を交互に見た。

琥珀の言うことはもっともだ。

だが、陽の気持ちも痛いほど分かる。

琥珀は表情を崩してはいないが、陽の言葉に思うところがないわけではないだろう。

しかし、線引きというものが必要だということを充分知っている。

神として己が授けられた力を使うということの意味も。

だからこそ、シロも何も言うことができなかった。

「……私たちが持つこの力は、人の助けのためにある。陽、そなたの思いを叶えるためにあるのではない。そのことは分かるな？」

諭すような静かな琥珀の声に、陽は返事をしなかった。

琥珀はじっと陽を見つめ、いくらか間を置いてから続けた。

「何が人のためになるのか。……その判断は、陽、そなたに任せる。よく、考えなさい」

責めているわけではないが陽の思いを汲むといったものでもない、不思議な口調で言いながら、琥珀は陽の涙を拭った。

「……こはくさま…」

琥珀の名を呼び、涙を拭われた頬を、また新たな涙で濡らす。

「死、というものは誰の身に起きても悲しいものだ。……それが、抗えぬ理《ことわり》であり、従わねばならぬものだとしても」

琥珀は言ったが、陽はいやいやをするように頭を横に振る。

頭では、理解できていることだ。

だが、感情が理解を拒むのだろう。

琥珀は陽を落ち着かせるように、掛け布団の上から、ぽん、ぽん、とリズムを刻むようにしながら、覚えている昔話を口にし始める。

「むかしむかし、あるところに、仲のいいおじいさんとおばあさんがいました……」

琥珀が紡ぎはじめたのは、偶然にも今日、園部が語ってくれたのと同じ『かさじぞう』の話だった。

琥珀の語る『かさじぞう』を聞いていると、どうしても園部のことを考えてしまい、陽はギュッと目を閉じていても涙が零れ落ちていくのを感じた。

――ボクは、どうしたらいいんだろう……。

分からないまま、ただ涙だけが溢れる。

そんな陽を見ながら、シロも、琥珀も、それぞれに悩みを胸に抱き、深くなる夜にただ身をゆだねるしかなかった。

おわり

女神たちの遠隔女子会

CROSS NOVELS

1

ここは、琥珀《こはく》たちが住まう集落から車で一時間ほどの場所にある神社である。

すっかり太陽も沈み、参拝客も帰った神社の本殿と通じる神域では、一日の業務を終えたこの神社の主祭神である月草《つきくさ》が、狛犬《こまいぬ》兄弟の阿雅多《あがた》と浄吽《じょううん》から種々の報告、および明日の予定について説明を受けていた。

「……ですので、本日のうちに文を書いていただけましたら助かります。また、こちらが先日お送りした品への礼状が」

浄吽が言って書状を月草に差し出す。

「記録は？」

受け取りながら問う月草に、

「すでにすませております」

浄吽はすぐさま返す。

――もう、こいつ、完全に秘書だよなぁ……。

弟、浄吽の働きぶりに、今さらながらなことを阿雅多は胸のうちで思う。

阿雅多と浄吽の仕事は、基本的には神社に入りこむものの監視であり、月草のスケジュールや身の回りのこと――業務に関わることなどは、女官の仕事である。

少なくとも以前は、そうだった。

それが、なぜ浄吽の仕事になっているのかと言えば、神様スパンでの『少し前』に起きた、女官の大量退職がきっかけだった。

別に月草と女官の間に軋轢《あつれき》があったとか、退職に至る問題が起きたとか、そういったわけではない。

単に、系列神社への転勤と、寿《ことぶき》退職、定年退職が予期せず重なってしまった結果、一時期、ダブルブッキングに、かぶりがＮＧな神様の来賓《らいひん》かぶり（直前でギリギリ回避）、祭礼の宴席の料理数の漏れなど、ミスが多発した。

配属されたばかりの女官が多いのだから仕方がないとはいえ、月草の心労は重かった。

月草は美女として知られた存在であり、一目会いたいと目通りを願うものは数多である。

しかし、月草の時間は限られているし、どの用件であれば会ったほうがいいのか、書状だけですむのかは、月草に仕えてみなければ分からない話だ。

そのため、「この程度であれば書ですんだ」ということも多々起き、逆に「これは会って直接仔細《しさい》を聞いておくべきだった……」ということもよく起きた。

月草はそのことで女官を叱ったりはしない。

『徐々に慣れておくれ』

優しい声で言うだけなのだが、逆にそれは新人女官たちの心をえぐった。

——あの優しい月草様のお顔を曇らせているのは自分たちの至らなさなのだ……！

そう痛感して、人気のない場所でしくしく泣いている新人女官に、ある日、阿雅多と浄吽は気づいてしまった。

阿雅多と浄吽は子供だった頃にこの神社にやってきた。

そのため、月草のことも、神社を訪れる客のこともよく知っている。

それで、よかったら手伝いましょうか、と申し出たのだ。

浄吽が。

そう、浄吽である。

阿雅多ではない。

が、弟の浄吽が手伝うとなると、無論、阿雅多も手伝うことになる。

とはいえ、手伝うことに、阿雅多も異論はなかった。

阿雅多とて、自分たちの主である月草が思い悩む姿は見たくはないのだ。

一日も早く女官たちが仕事を覚えてくれれば、月草は煩わされることはないし、彼女たちも泣かずにすむ。

そのつもりだったのだが——気がつけば、浄吽は、月草のスケジュール管理のエキスパートになっていた。

なにしろ子供の頃からここで育ったのだ。

どの季節になれば何の準備をして、どの規模の宴席でだの、月草が苦手な客は誰と誰と誰で、訪問拒否はしないが、できる限り長引かない時間で簡単に案内するだの、そういったことは浄吽の頭の中には入っていた。

過去の訪問歴と、祐筆《ゆうひつ》の記録から、どの相手とはどんな内容の話をしているのかなどすぐに分かる。

それをもとに、会う相手と書状ですむ相手を振り分けるのも、浄吽は上手かった。

その結果、浄吽は月草のスケジュール管理も担当することになったのだ。

もちろん、今では女官たちもスケジューリングはお手の物である。

しかし、彼女たちではどうしてもできないことがあった。

それは、月草への上手い対応である。

月草はよき主だ。

決して無茶は言わない。

言わないが、時々、ほんの少しだけ我儘《わがまま》を言う。

いや、普段の月草の働きぶりを見れば、それは我儘と言ってはいけない事柄である。

息抜きも、大事な仕事なのだ。

しかし、月草がその我儘を気軽に漏《も》らすことができるのは、狛犬兄弟なのだ。

それは、月草から信頼を得ている、得ていないという問題ではない。

女官たちは、月草の願いであればかなり「無理寄りの無理」でも、なんとかして叶えようとしてしまう。

しかし、浄吽は違うのだ。

もし聞いて「無理寄りの無理」と判断すれば、

「え、それ無理です」

と、あっさり言えてしまう心の強さがある。

というか、子供の頃から月草を見てきているので、月草の限界を見取るのが上手い。

月草もそれが分かっているので、大抵の無茶ぶりは狛犬兄弟に言う、といった感じだ。

さて、その月草は、狛犬兄弟からの一通りの報告を聞いたあと、

「はぁ……」

と物憂《ものう》げなため息をついた。

もう、そのため息だけで、大体何か察してしまえるのが狛犬兄弟である。

――そろそろ坊主の精分が尽きたのか？

――いえ、それにはいささか早いです。バレンタインにたっぷりお会いになっていますから。

阿雅多と浄吽は心の中で会話をしあう。

――ってことは、あっち方向か？

――そうですね。秋から、お会いになれていないので……。

大体の察しをつけつつ、やや間を置いてから浄吽が聞いた。

「月草様、斯様《かよう》にため息をつかれて、いかがされましたか」

察してはいるものの、自分からは切り出さない。

おそらく、察していることで間違いはないと思っていても、もし違っていた場合、

「ああ、それもあったな。じゃが別件だ」

と別件の算段をつけたあとで、

「先程言っていたあの件もよろしく頼みたい」

と、二つの案件を振られる可能性もあるからである。

というか、過去にあった。

そのため、自分から切り出すことは極力避けるようになった浄吽である。

そんな浄吽の問いに、

「いや、大したことではない」

月草はそう返してきた。

そうですか、では、などと言って立ち去ることができれば楽なわけだが、そういうわけにはいかない。

「大したことになる前に、お聞かせ願えれば対処のしようもあるかと思いますが」

そう聞くまでが様式美のようなものだ。

「……久しく、玉響《たまゆら》殿と会えておらぬゆえなぁ…」

その言葉に狛犬兄弟は『ビンゴ！』と互いに胸のうちで思う。

玉響は金毛九尾《きんもうきゆうび》の才媛である稲荷《いなり》神である。

月草と並び立つ美女と知られた存在でもあるが、この二人の女神は初めて会った時から意気投合し、たびたび一緒に出かけたり（非公式）、時には女子会（非公式）を行ったりするほど、仲がいい。

しかしそれぞれに重責を担う立場であるため、会う機会というのは限られていた。

それでも一シーズンに一度は、なんとか時間を作って会っていたのだ。

その機会が、秋の初めを最後に途絶えている。

なにしろ、神様業界は秋と冬は結構な忙しさであることは双方承知だ。

なので、会えないことは分かっているのだが、もう一つの事情があった。

「今は、秋《あき》の波《は》殿のことが大事ゆえ、玉響殿が少しの時間であろうと、秋の波殿のそばにと思っておいでであることは至極当然のこと」

玉響の息子である秋の波が、記憶を取り戻し、不安定になっている、ということは月草も知っていた。

玉響から、予定していた女子会をキャンセルしたいという旨の詫《わ》び状が届き、そこに事情が記されていたからだ。

「わらわとて、もし陽《はる》殿の身に同じことが起きたとなれば……居てもたってもいられぬ。玉響殿の気持ちは痛いほど分かるのじゃ」

分かっているが会えないのがつらい、といったところだろうか？　と阿雅多と浄吽は察したのだが、

「分かるがゆえに、玉響殿に何もして差し上げられぬことが口惜しい……」

月草はどうやら純粋に、玉響の心痛を慮《おもんぱか》っているらしいのが分かった。

「なんぞ、ひとときでもよいゆえ、玉響殿をお慰《なぐさ》めする方法があればと考えているのじゃが、妙案が浮かばぬ。文や贈り物ではありきたりで……」

月草はそう言って、再び、ため息をつく。

その様子に浄吽は少し考えたあと、

「……私も、すぐに何か、というのは浮かびませんが……月草様のお心を玉響殿に過不足なくお伝えでき、またお慰めできる方法がないか考えてみます」

そう伝える。

「いつもすまぬな」

「いえ、三人寄れば文殊《もんじゅ》の知恵と申します。それぞれの違う視点で考えれば、何か、と思いますし。そうですよね、兄者」

浄吽が急に振ってきて阿雅多が慌てる。

「あ、ああ！　玉響殿に何か楽しんでもらえそうなこと、考えます」

かろうじて、阿雅多はその言葉をひねり出した。

こうして狛犬兄弟は月草のもとを辞し、自室へと戻ってきたのだが、

「兄者、月草様の前で油断しないでください」

部屋に入るなり、阿雅多は浄吽にチクリと言われた。

「油断っつーか、あの状況で俺に振るほうがどうかしてるだろ」

そもそも、『体を使うことは阿雅多、頭を使うことは浄吽』というようなざっくりした住み分けができているのだ。

あの状況では基本的に浄吽のターンのはずなのである。

「自分の不得手な分野であっても、月草様が悩んでいらっしゃれば、自分のできる範囲でなんとかしようと考えるのが従者としては当然じゃないですか」

「それはそうだけどよ……、実際問題、どうすんだよ？　玉響殿は仕事以外の時間は秋の波殿のそばにいるんだろ？」

「そのようです」

「月草様が会いに行かれるってのが一番手っ取り早いんだろうが、そうなったら大仰なことになるしな」

阿雅多の言葉に淨吽は深く頷いた。

これまでの二人の会合のすべてが「非公式」であるのは、会う場所が神界ではなく、人界だからだ。神界で会うとなると「公式会合」となり、「公式で初めて会う」となると、何かと話題で注目度の高い二人であるため、いろいろと大袈裟なことになる。

それは秋の波が不安定だというこの状況下では無理な話だ。

「文や贈り物でも、玉響殿をお慰めしたいという月草様のお気持ちは伝わると思うのですが……それでは月草様ご自身が納得できない、ということでしょうし」

淨吽も頭を悩ませる。

月草にとって、玉響は特別な友達だ。

だからこそ、文や贈り物だけですませたくないのだろう。

「こう、もっとそばに寄り添ってということなのだと思うのですが」

呟くように付け足した淨吽の言葉に、

「でも、実際に会うのは無理だろ？　会わないで会ってるみたいにっていう、わりと矛盾っていうか、かなり高難度な願望っていうか」

阿雅多がため息交じりに返す。

「秋の波殿を連れて出てきてもらう、というのも手かと思うんですが……それができるなら、玉響殿のほうから外で秋の波殿と一緒に会えないかと打診があると思うんです。それがないということは、秋の波殿を本宮の外へというのが難しいのかと思いますし……」

「ってことはやっぱ、直接は会えないって感じだよな。……なんつーか、同じ空間にいるってだけでもその気配とかでなんか分かることとってあるし、ましてや表情やら声のトーン、一緒に飯食ってんだったら、飯食う早さだとか、そういうのでもいろいろ分かるし、それで選ぶ言葉なんかも変わるから……やっぱさ、秋の波殿の状況を聞いてると、玉響殿はいろいろナーバスになってると思うんだよな。だからこそ、不用意に声をかけられねぇって月草様は思ってらっしゃるんだろうし」

阿雅多の言葉に、淨吽は少し驚いた顔を見せた。

「兄者……意外と、いろいろ考えていらっしゃるんですね」

「どういう意味だよ？」

「いえ、空気感なんてものを兄者が大事にされてると思っていなかったので」

阿雅多を無神経だとは思っていない。

阿雅多が「あえての『雑さ』」でざっくり空気を作ったあと、細かい部分を調整するのが自分の役目だと淨吽は思っている。

もちろん、「あえての『雑さ』」なんてものは、ちゃんとその場の空気を読んでいないとできない芸当だということは分かっている。

しかし、阿雅多が思った以上にちゃんと捉えていて驚いたのだ。

「わりと、いろいろ考えてんだぞ。おまえにもずいぶん鍛えられたしな」

「私が、ですか？」

「ああ。おまえ、今はそうでもねえけど、悩み事だとか、体調不良だとか、よく隠しただろう」

幼い頃のことを口にした阿雅多に、浄吽は苦笑する。

「隠したつもりはないんですが」

二人は、諸事情があって早くに親元から離されて月草のもとで育てられた。

先代の狛犬たちも女官たちも二人には、厳しい時もあったが、それは二人が「決め事」を破ったり「危険なこと」をしたりした時であって、基本的には二人を大事に育ててくれた。

それでも親に無条件に甘えるのとは違って、頼るのが互いしかないように思えた時期もあった。

しかし、頼るべき兄の阿雅多も幼く、自分が頼りすぎては阿雅多に迷惑がかかると思っていたことは事実だ。

特に、子供の頃の浄吽は些細《ささい》な病気をしがちで、そのたびに阿雅多に心配をかけていたため、ちょっとしたことで阿雅多に心配をかけるのが嫌で、いろいろ隠していた。

もちろん、バレることのほうが多かったが。

「隠そうとしたって、飯の食い方が遅けりゃ気になるし、視線の向かわせ方、話す速度とかでいろいろ分かる。だから、そういうライブ感みたいなのを月草様はお望みなんだろうとは思うんだが……」

そう言って阿雅多は腕を組む。

「ライブ感…ですか……」

浄吽は呟いて、軽く目を閉じる。

実際に会うのが一番だとは思う。

だが、それが難しい。

ならば、会っているのに一番近い状態……それに近づければいいのだ。

「兄者！　それですよ！」

浄吽は閉じていた目を開き、突然言った。

「それって、何が」

いきなりそれと言われても、一体どれのことなのか阿雅多にはさっぱりだ。

首を傾げた阿雅多に、

「ライブ感です！　できる限り、会えている状態にすればいいんですよ！」

半ば興奮気味に浄吽は言ったあと、突如として立ち上がると、

「ちょっと術部へ行って水晶玉のこと詳しく聞いてきます」

そう言って、部屋を出ていく。

阿雅多はとりあえず「行ってらっしゃい」的に手を振って見送ったあと、

「あいつも、大概落ち着きねえからな……」

浄吽的に、阿雅多からは絶対に言われたくないだろう言葉を呟いた。

◇◆◇

数日後の夕刻、今日の業務を終えた阿雅多と浄吽は、報告のために月草のもとを訪れていた。

「――で、本日も滞りなくすべて終えました。明日は仏滅ということで現時点で祈祷《きとう》の依頼もなく、通常業務の身でゆっくりしていただけるかと思います」

浄吽の報告に月草は頷いた。

「そうか。では、そなたたちも少しゆるりとするがよい」

「ありがとうございます」

阿雅多と浄吽は声を揃えて言う。

そして、少し間を置いてから浄吽は口を開いた。

「月草様、少しよろしいでしょうか」

「なんじゃ、改まって。なんでも申してみよ」

月草の言葉に、浄吽は準備していたファイリングした紙の束を取り出した。

「まずはこちらを」

差し出されたそれを受け取った月草は、

「水晶玉女子会?」

表紙のタイトルを読みあげてから、首を傾げた。

「はい。先日、玉響殿をお慰めする方法を何か、とおっしゃられましたので、兄者といろいろ相談いたしました結果、水晶玉を通じての女子会がよいのではないかと」

「水晶玉を通じての、女子会……」

「文や、贈り物でも充分に月草様が、玉響殿を思っていらっしゃることはお伝えできると思うのですが、玉響殿により寄り添い、その心中を読みとってお気持ちをお伝えし、また支えて差し上げたいとお考えかと思うのです」

「そうなのじゃ……! 今の玉響殿には、不用意に言葉をおかけできぬ…。いや、不用意な言葉をおかけしたくないのじゃ!」

よくぞ分かってくれた、と身を乗り出す勢いで月草は言う。

「それには、実際に玉響殿の気配を感じることが重要だと兄者が。しかし、実際にお会いすることは不可能ですので、水晶玉を通じて女子会を行ってはと」

「じゃが、それには問題があろう。わらわと玉響殿では使う水晶玉の構成が違うゆえ……」

月草と玉響は、属する神族が違う。

神族が違えば、術で作りだす水晶玉の構成も違い、音声のやりとりがやっとだ。

それは違う神族同士が容易にやりとりをしないための措置でもあった。

不用意にやりとりをした結果、騒動に発展したことも過去にはあるし、秘さねばならぬ情報が筒抜けになることもあるからだ。

なお、月草が「違う神族同士」の陽の力を預かることができているのは、陽がまだ子供で、重要な術や情報の知識がないからである。

だが、玉響と月草ではそういうわけにはいかない。月草の懸念《けねん》に、浄吽は頷いた。

「はい。お互いに所持されている水晶玉では互換性がなく、姿を映すことはできぬことは存じております」

「ならば、どうやって」

「術部で特別な水晶玉を二つ準備します。一つは月草様のお手元に、もう一つは玉響殿にお送りします。それを使ってやりとりを、と」

「それであれば可能ではあるが……媒体を送るというのは問題にはならぬか？」

外で会う、というのと、互いの神域から媒体を使ってやりとりをするというのとは、話が違う。

しかも容易にやりとりのできる媒体を送るというのは、問題行為のような気もするのだ。

「そのあたりについてですが、今回お送りする水晶玉は永久的なものではありません。使用開始から半日程度で消滅するものです。というか、異神族間のやりとりに耐え、できうる限り超精彩かつ臨場感を保ち、バストアップであれば等身大を保持できるサイズの水晶玉となりますので、持続性がないのです」

浄吽が術部で水晶玉について相談したところ、

『機能を盛れば盛るほど、持続時間は短くなる』

という見解だった。

だが、持続時間が短いのはかえって好都合だ。

情報漏洩だのなんだのの疑いをかけられては困るのである。

「あと、水晶玉の持ち込みに関しては、伽羅殿を通じて白狐様に、こう、ゆるっとふわっとした感じで打診をしていただいたところ、半日程度であれば問題ない、と」

ここで重要なのは、あくまでも打診が『ゆるっとふわっと』ということである。

ガチで正面切って問い合わせをしたら、向こうで正式な議題に乗ってしまい、回答をもらうのに時間がかかるし、結果「無理」ということになるのも充分考えられる。

神様同士のやりとりというのは、実は、結構気を遣うものなのである。

人界子連れデートだの、コスプレ女子会だの気軽に行われているので、ハードルが低そうに思えるのだが、実際には難しいこともあるのだ。

だからこそ、二人が会うのはあくまで「非公式」でなのだ。

だが、今回は「非公式で会う」つまり、人界で会うことが難しい。

かといって「公式で」となると、面倒くさい。

なので、伽羅経由での「ゆるっとふわっと」した打診なのだ。

打診された白狐も、ただでさえ別宮の長として忙しくしている玉響に、これ以上心労をかけては、と懸念していたらしい。

ひとときでも月草と気の置けない会話を楽しみ、ストレスの発散ができるのならと考えてくれたらしく、

「個人的な贈り物のやりとりは禁じておらぬし、別宮の長宛ての荷物は、いちいち開けて検分することもない」

という回答があった。

つまるところ「本人同士で責任が取れるなら」ということだ。

もちろん、これは月草と玉響の双方が、白狐から信頼を得ているからこその返事である。

「浄吽……すでにそこまで手配をしてくれていたのか」

「はい。八割がた、いけそうだと判断しましたので、お話をお持ちいたしました」

ここ数日、浄吽はこの計画のために忙しくしていた。

その浄吽をサポートしていたのは阿雅多だ。

もちろん細かな計画は浄吽にしかできないので、阿雅多のサポートは主に仕事の肩代わりである。

とはいえ、「『あ』と『うん』」一組で働く狛犬ゆえに、門番業務の肩代わりはできないので、それ以外の雑務を一手に阿雅多は引き受けていた。

「白狐殿もよく許可をくださった……」

月草がしみじみ言う。

浄吽も、正直、どうかな、とは思っていた。

さすがに難しいかと思っていたのだ。

もちろん、無理だった場合には伽羅から水晶玉を借りる算段をつけていたので、そのあたりもぬかりはなかったが。

「そのようなわけで、日程等をすり合わせ次第ということでよろしいでしょうか」

浄吽の言葉に月草は強く頷いた。

「無論じゃ。いろいろと世話をかけるが、頼む」

「かしこまりました。ああ、それからお渡ししましたそちらのファイルに後ほど目を通しておいていただけますでしょうか？　いくつかのプランと、ご回答いただきたいことなども書いておりますので」

「分かった。必ず目を通す」

そう返す月草は、すでに気分は女子会に飛んでいるらしく、笑顔だ。

その笑顔は晴れやかで、この神社を支える月草の労を思えば、彼女のために何かできる、というのは仕える者としては幸せなことなのだ。

たとえそれが、陽に渡すための月草の手作りケーキの膨大な数の試食であろうと、陽とのデートや、玉響との女子会に関しての下調べであろうとも。

――何冊か本は読んでみたけど、やっぱり、オンラインでプロジェクトマネジメントの講座を受けようかな……。

そんなことを真剣に考え始める浄吽だった。

2

その日、稲荷の本宮《ほんぐう》にある本殿内の、もはや玉響専用となっている客間には午後になるといくつもの届け物が運び込まれた。

送り主は月草。

宛て先の大半は玉響だが、一つだけ秋の波宛てのものがあった。

秋の波は影燈《かげとも》とともに玉響の客間で本人の訪れを待っていたのだが、届いた荷物を前にそわそわしていた。

「おれあてだから、さきにあけてもいいきもするけど、でもやっぱり、ははさまがきてからのほうがいいよな？」

影燈を見上げ、確認する。

「そのほうが無難だろうが、どうしても気になるなら、開けても問題はないだろう。おまえのしたことに玉響殿が目を吊り上げるとは思わん」

秋の波のすることは、ほぼすべてを「愛らしい」ですませ、秋の波の顔を曇らせるものがあれば、決して許さぬ玉響である。

秋の波が、自分宛てではなく玉響宛ての荷物まで開封してしまったとしても、

「きになってしかたなかったから、あけちゃったんだー」

と言ったあと「ごめんなさい」とちょっとばかり殊勝な顔でつけ足せば、

「ほほ、かまいませぬよ」

と笑顔で返すだろうことは予測できる。

だから秋の波が自分宛ての荷物を開けてしまう分には、まったく問題ないと思うのだが、秋の波は、

「うーん……でもなぁ…」

好奇心と、やっぱり待ったほうがいいんじゃないかという良心の間で揺れていた。

「玉響殿がいらっしゃる時刻は、もう少し先なんだろ？」

影燈が声をかけると、秋の波は頷いた。

「うん、あとさんじっぷんある」

「なら、それまで待て。そこまで待っても玉響殿がいらっしゃらなければ、開けてもいいんじゃないか？」

激務の玉響である。

時間通りに来るのが難しいこともあるのだ。

というか、むしろ来訪がキャンセルにならないほうがおかしいくらいには、激務なのである。

それでも、予定より一時間程度の遅れくらいで、しかも週に一度は必ず来る。

それは今の秋の波の状態が、それだけ危ういからだ。

そもそも、現在の秋の波の存在そのものがイレギュラーだ。

元の体も、それを司る「魄《はく》」も秋の波は失った。

魂さえほとんどを穢《けが》れに侵されて、ほんのわずかに残った清浄《しょうじょう》な部分をさらに分けて、「魄」と体を作りだしたのだ。

そんなことは、この本宮においても前代未聞だ。

それゆえに、何が起きるか分からず、いろいろともろい部分がある。

特に精神面の不安定さは否めない。

かつての記憶を有しながら、体は子供。

それだけでも不安定なのに、野狐《やこ》であった頃の記憶の一部を取り戻してからは、さらにナーバスになっていた。

精神面の不安定さというのは、魂の在り方に直結する。

魂の在り方に揺らぎが生じれば、秋の波の存在そのものがどうなるか分からないのだ。

だからこそ、誰もが玉響に協力を惜しまないし、本宮側としてもそれは同じだ。

とにかく、秋の波を守るために、事情を知るものすべてが自分にできることは何かを探していると言ってもいい。

いや、そもそも秋の波は、多くの稲荷から愛されている。

今の愛らしい子供姿になってからはなおさらのことだが、元の五尾だった頃でも、秋の波を悪く言うものはいなかった。

多少「騒々しい」と言うものはいたが、事実、騒々しく、言ったものも事実を言ったまでのことで、秋の波自身を苦々しく思っているわけではなかった。

神様といっても、関係性はいろいろだ。

そりの合う合わないは、やはり存在する。

それを表に出さずに上手くやるすべを知っているだけの話なのだ。

だが、秋の波はなぜか自然と相手に溶け込むような、そんなところがあった。

それゆえに、今もこうして、秋の波のために何かを、と全員が自然に思うのだ。

「……かげとも、かんがえごと？」

不意に黙した影燈に、秋の波は少し心配そうに問う。

「あ？　いや。相変わらずおまえは可愛いなと思って見てただけだ」

影燈の言葉に、秋の波は照れ隠しのように唇を尖らせる。

「もー、そんなことといったって、あめだまくらいしかないぞ？」

そう言って、懐を探ると、個包装の飴玉《あめだま》を一つ取り出した。そして影燈の手の上に、やや乱暴に置く。

「とっておきの、みかんあじの、おおだまだからな」

ありがたがれ、と言いたげな秋の波の可愛さに、影燈は笑みが漏れるのを禁じ得ない。

「いいのか？　おまえの宝物だろう？」

「いいよ。かげともだから、とくべつ」

「じゃあ、遠慮なくもらっておく」

影燈はそう言って、もらった飴玉を懐にしまった。

「いま、たべないの？」

「ああ。仕事で疲れた時のためにとっておく」

「ははさまがきたら、かげともは、しごとするのか？」

「書類仕事があるからな」

「いそがしい？」

気遣ってくる様子の秋の波の頭を影燈は撫《な》でた。

「いや。明日の分をある程度今日すませちまえば、その分、明日おまえとゆっくりできると思ってな」

そう返すと、秋の波は嬉しそうに笑う。

今、影燈の仕事は基本的に書類仕事ばかりだ。

それなら部屋でできるし、秋の波のことも見ていられる。

だがそれは「同じ部屋にいる」だけで、秋の波をかまってやれているわけではない。

秋の波はとにかくそばに影燈がいればいい様子なのだが、どうせそばにいるなら、ちゃんと向き合ってやりたいと思う。

「やっぱ、かげともは、やさしーなー」

そう言ってにこにこ笑って秋の波が言った時、客間の前の廊下に人の気配があった。

「秋の波、入りますよ」

玉響の声だった。

「ははさま！」

秋の波がそう言った時、襖戸が開き、玉響が姿を見せた。

それに影燈は正座をし直すと、

「お疲れ様です」

そう言って一度、礼をする。

「影燈殿、いつも言うておるが、そう畏まらずともよい」

「しかし、ある程度のけじめは必要ですから」

玉響の息子である秋の波を任されているという関係上、影燈と玉響の関係は、多少他の稲荷たちよりは近い。

玉響が気づいているかどうかは別として、影燈と秋の波は恋人同士でもあるため、影燈からすればヘタをすれば「将来の義母」になる可能性もある。

そのあたりを考えると、礼儀は尽くしておきたいと思うのだ。

「かげともは、まじめだからなー」

玉響の脚に抱きつきながら言う秋の波に、

「それゆえ、安心してそなたを任せられるのですよ」

微笑みながら言い、秋の波を抱き上げた。

それを見やると、影燈はゆっくりと立ち上がった。

「では、俺は下がらせていただきます」

「え、もういっちゃうの？」

玉響に抱き上げられた秋の波は、驚いた様子で言う。

「ああ、仕事をしてくる。それに、親子水入らずの時間は限られてるからな」

影燈はそう言って秋の波の頭を撫で、玉響に目礼して客間をあとにした。

それを見送ってから、玉響は部屋に置かれた届け物を見る。

「まあ、こんなにいくつも」

今日はこのあと、月草との女子会なのだ。

事前に、本宮に届け物をしておくと連絡は受けていたが、まさか三つもあるとは思っていなかった。

「もうひとつとどいてて、それは、くりやにはこんであるって。じょしかいがはじまるまえに、くりやからもってきてくれるって」

秋の波が伝える。

「まあ、厨《くりや》にもですか？」

「うん。あと、ひとつは、おれあてのだった」

「まあ、秋の波にも」

「うん。ははさまがくるまで、あけるのまってたんだー。ねえ、あけてもいい？」

「もちろん、そうなさい」

玉響は言うと秋の波を下ろした。

秋の波は自分宛ての箱の前に来ると、封をするために結わえてある紐を解いた。そしてその箱を開けると、中からは小振りの二段重と風呂敷包みが現れた。

まず二段重を開けてみると、中には見た目にも美しいお菓子がいろいろと詰められていた。

「わぁ！　きれい！」

「まあ、ほんに」

「たべるのもったいないなぁ……」

眺めてにこにこする秋の波に、

「日持ちのするものはゆっくり影燈殿とお食べなさい。こちらの生菓子は日持ちせぬゆえ、後ほど、月草殿とお会いした時にお礼を言って、食べるとよいですよ」

玉響はそう助言する。

「うん！　そうする。こっちのふろしきはなんだろ……」

当然、風呂敷包みの中も気になり、開けてみるとそこに入っていたのは、服だった。

服というか、着ぐるみパジャマだ。

未だに、月草と玉響の間では、陽と秋の波に着ぐるみパジャマを着せて愛でるブームが続いていた。

とはいえ、市販されていそうなものは早々に買い尽くしており、今は月草と玉響がそれぞれ考案した着ぐるみパジャマがそれぞれの女官や神界の仕立て専門所にて特別注文で作られている状態である。

正直、それでいいのか神界状態でしかなく、仕立て専門所は最初に注文を受けた時に戸惑いしかなかった。

それも無理はない。

そもそも、仕立て専門所は儀式などに使う特別な衣装を誂えることがほとんどなのだ。

にもかかわらず、着ぐるみパジャマである。

しかし、これまでの陽と秋の波の着ぐるみパジャマ姿を参考写真として送られた専門所は萌《も》えた。

燃えたのではなく、萌えた。

結果、請け負ってくれることになったのである。

今日の着ぐるみパジャマは月草考案で、月草の女官が製作したものだ。

そしてモチーフとなったのは、

「あ、たんぽぽだ！」

顔にあたる部分が黄色の花になるように作られたタンポポだ。

もはや動物ではなく植物にまでモチーフは及んでいた。

もう、可愛ければ何でもいいのである。

「まあ、凝ったつくりじゃなぁ……」

「あとできがえて、つきくささまにみせなきゃ」

秋の波はそう言ってから、玉響宛ての箱を指差した。

「ははさまのには、なにがはいってるんだろ。あけてみせて！」

玉響は秋の波のおねだりにとことん弱いし、このあとの女子会に向けて中身の確認は必須でもあるので否やはなかった。

大きい箱に入っていたのは、台座付きの水晶玉だった。

机の向かい側に置けば、映像が映し出された時、そこに月草がほぼ等身大で映るだろう。

そしてもう一つの箱に入っていたのは様々な濃淡の桜色に染められたシルクオーガンジーで作られた美しいドレスだった。

そのドレスに合わせたヘッドアクセサリーも一緒である。

「わぁ……きれい！　とつくにの、おひめさまみたいだ」

そっと体に当てて見せた玉響の姿を秋の波は手放しで褒める。

「おや、文が添えられて……」

箱の下に入っていた文に気づいた玉響はそれを開いて読む。

そこには今日の女子会での衣装だと書かれていた。

「まあまあ、衣装まで……」

おそらくは、いろいろと気分を変えて楽しんでほしいという気遣いなのだろう。

玉響はそっと時計を見やる。

予定されている女子会の時間まで、まだ充分時間はある。

「衣装に合わせて化粧をしなおしまするか……」

「うん！　きょうもははさまはきれいだけど、このふくだったら、くちびるはあかじゃなくて、ももいろがいいとおもう」

にこにこしながら秋の波は言う。

「そうでございまするな。……ああ、いっそ一度化粧を落としてしまいましょう。髪も結い直して……」

ふふっと楽しそうな玉響の姿に、秋の波も嬉しくなるのだった。

◇◆◇

女子会開催予定時刻五分前になると、正面に設えた水晶玉の中にオーロラ色のきらめきが現れ始めた。

それに、すっかり準備を整えた玉響と秋の波はそわそわしながら、時が来るのを待つ。

机の上には厨に運ばれていた様々な料理が、最後の仕上げをされて並べられていた。

十秒前からカウントダウンの秒数までが水晶玉に現れ、それを玉響と秋の波は、九、八、と声に出して読み上げる。

そしてゼロが表示された瞬間、水晶玉に月草の姿が映し出された。

それはもう、そこに月草がいるのと寸分たがわぬ、といった状態で。

『玉響殿、見えておりますか?』

小さく手を振り、月草が声をかけてくる。

「ええ、見えております。こちらも見えておりまするか?」

玉響が問うと、月草は大きく頷いた。

『見えておりまする。ああ、よかった！　成功いたしましたなぁ……！』

月草はそう言って手を叩いて喜ぶ。それに玉響と秋の波も同じように手を叩いて喜んだ。

「いろいろと考えていただいて…、嬉しゅうございまする」

「つきくさどの、ありがとう！」

玉響に続いて秋の波が礼を言うと、

『秋の波殿、お元気でいらっしゃいまするか？』

即座にちみっこ愛でモードスイッチを入れた月草が秋の波に視線を向ける。

「うん！　こわいゆめみちゃったりするけど、げんきなのはげんきなんだー。あと、きぐるみぱじゃま、ありがとう。にあう？」

秋の波は言うと立ち上がり、少し後ろに下がって全身を見せる。

頭を覆うようにタンポポの花を模したふわふわのついたフードがあり、首から下の部分は茎を表す緑だ。そして腕はタンポポの葉の形に作られている。

その姿でちょこまか動いてみせる姿はまさしくタンポポの妖精のようだった。

『まぁ…思った以上に愛らしくておいででございまするなぁ。そのパジャマは、陽殿とお揃《そろ》いで作っておりまするゆえ、今度、陽殿と一緒に着たところを見せてくださいね』

「はるちゃんとおそろいなの？　やった！」

秋の波はそう言うとピョンピョン跳ねる。

その姿を一通り愛でたあと、玉響は、

「わらわにも、このように素敵な召し物を準備していただいて……」

と、贈られた服を纏った姿を見せる。

『よくお似合いでございまする。わらわと色違いなのですよ』

月草はそう言うと一度立ち上がって後ろに下がり、全身を見せる。

確かに同じデザインのものだ。

しかし月草のものは色が違い、若草色の濃淡で作られていた。

『春をイメージして作ったのです。直接お会いできるようになったら、これを着てお出かけいたしましょう』

「まあ、楽しそうでございまするなぁ……。今から楽しみです」

嬉しそうな二人の姿を見ながら、秋の波は、

――おでかけするには、ちょっとごーじゃすっていうか、めだちすぎなきはするけど……まあ、ははさまと、つきくさどのは、ふたりならんでたってるだけで、めだっちゃうから、なにをきてても、いっしょかなぁ……。

などとこっそり思う。

いや、今着ている服が似合っていないというわけではない。

二人とも、とても似合っていると思う。

だが、「ちょっとしたパーティー」レベルの催しではなく、本格的な「パーティー」へのお出かけレベルだというだけで。

まあそんなドレスを着こなす母様と月草殿はすごいなぁ、と改めて思うわけでもあるのだが。

『では、とりあえず乾杯いたしましょうか。お送りした料理は…ああ揃っておりまするね』

「ええ。厨のものが先程仕上げをして持ってきてくれました」

『秋の波殿のジュースもございますね……』

秋の波も一緒に楽しむことを想定して、月草は秋の波の分の飲み物や食べ物も準備してくれていた。

『では、秋の波殿、音頭を取っていただけまするか?』

月草が言うのに、秋の波は目を瞬かせた。

「じょしかいなのに、おれがおんどをとっていいの?」

『二人では、どちらが音頭を取るかで揉《も》めまする』

実際には揉めたことなどないが、月草はそう言って秋の波が音頭を取ってもまったく問題ないことを告げる。

「じゃあ、せんえつながら。……えーっと、つきくさどのと、ははさまのびぼうと、けんこうと、あとずっとずっとなかよしでいるのをねがって、かんぱい」

秋の波が言ったあとに続いて、玉響と月草も乾杯、と言いそれぞれ手にしたジュースと食前酒を口にする。

「ああ、おいしゅうございまするなぁ」

『最近、勧められた蔵元《くらもと》のものなのですが、気に入ったものですから、玉響殿にも飲んでいただきたくお送りしたのです。お気に召していただけて何よりでございまする』

その二人の言葉に、

「おさけ、いいなぁ。ちからためて、おとなのすがたになっておけばよかった」

力を溜めて頑張れば大人の姿になることもできる秋の波は、酒を飲む二人をうらやましく見つつ、唇を尖《とが》らせて言う。

大人だった頃の秋の波は、酒豪《しゅごう》と言うわけではないが、酒は好きだったのだ。

「ほほ、秋の波。大人の姿になっていたら、わらわたちの女子会は出禁ですよ」

笑って玉響が言う。

「あ、そっか。それはやだなー。まだ、こどもでいいや。そしたら、はるちゃんといっしょにははさまや、つきくさどのについていって、おいしいものたべられるし、じんかいのゆうえんちとか、あそびにいけるし」

女子会出禁と聞いて、秋の波は即座に諦める。

その変わり身の早さに玉響と月草は微笑むが、

『落ち着かれましたら、またいろいろなところに参りましょう。浄吽に新たな候補先を探させておりますし、秋の波殿はまだウサミーランドに行かれたことはございませんから、ウサミーランドにも参らねばなりませんし』

月草が言うと、秋の波は笑顔で頷いた。

「はるちゃんから、うさみーらんどのしゃしんとか、どうがとかみせてもらって、すっごいいきたいなーってずっとおもってる！」

以前から、四人でウサミーランドへ、という話は出ていた。

だが、四人で行くとなるとサポートが阿雅多と浄吽だけでは到底足りない。稲荷側のサポートも必要になるのだ。

その稲荷側のサポート——伽羅《きゃら》並みに人界のあれこれに精通していて、柔軟に対応できるもの——となるとかなり限られ、その日程調整などが困難で実現に至っていないのである。

『では、一番に叶えなくてはなりませぬなぁ』

と言う月草の言葉を聞いていたなら、阿雅多と浄吽は戦慄を覚えていただろう。

月草と陽は当日楽しむだけでいいのだが、準備する側はいろいろ大変なのだ。

しかし、月草のリラックスした様や陽が楽しく過ごす姿を見ていると、「ああ、来てよかった」と思ってしまう程度に阿雅多と浄吽は訓練されている。

おそらくこのあと、稲荷側にも同じように訓練されたサポート役が出てくるだろうことは想像に難くない。

「それにしても、料理まで送っていただけるとは思っておりませんでした」

前に出されたとりどりの料理を、玉響は改めて見つめる。

『できる限り、直接会っている、と思えるようにしたかったのでございまする。そのためには同じものを食すのも必要かと。そちらの厨の方には、お手間をおかけしてしまいましたが』

「いえいえ。大変嬉しゅうございまするよ。厨のものも、普段あまり目にせぬ盛り方や、食材の使い方に感心しておりました」

『所が変われば料理も変わりますゆえなぁ』

いつもの女子会のまったりモードで話す玉響と月草の様子に、秋の波は安堵する。

自分の不安定さのせいで、玉響が仕事の合間を縫ってまめに会いに来てくれたり、楽しみにしていた久しぶりの女子会を断ったりするのを、申し訳なく思っているのだ。

玉響と過ごせることは、今の秋の波にとって、影燈や琥珀と一緒にいるのとはまた違う安心感がある。

それはおそらく、親子の縁が生み出す安心感なのだろうと思う。

だから、玉響が来てくれることは嬉しいのだが、そのために玉響の生活にいろいろと制限がかかってしまうのは心苦しかった。

だが、月草がこうして、実際に会うことは難しいができる限りいつも会っているような雰囲気を作って、女子会をしてくれたことに、秋の波は感謝しか覚えない。

そして、久しぶりの女子会にいつもとは違う華やいだ気持ちでいる玉響の姿にも、秋の波は喜びを感じた。

その秋の波はしばらく女子会に参加したあと、

「ははさま、むこうで、げーむしてきていい？」

と、切り出し、水晶玉に映りこまない範囲を指差した。

「ええ、かまいませぬよ」

ＯＫが出たことで、秋の波は月草に、「またねー」と手を振り、ゲームの機械を持つと水晶玉から消える。

女子トークは大概長いし、自分がいるとできない話もあるからだ。

秋の波はゲームの機械にイヤホンを接続すると、それを耳に入れてゲームを始める。

ゲーム端末は、人界で任務についている稲荷が、今はほとんど遊ばないから、とくれたものだ。

いろんなソフトも一緒にくれたので、秋の波は影燈が書類作業をしている時はそれをしていることが多い。

中には実際に体を動かして遊ぶゲームなどもあるが、とりあえずはじっと取り組めるものをすることにした。

今、熱心にやっているのは、ゴーカートでスピードを競うものである。

その中でも、タイムアタックにはまっているのだが、ゲームをくれた稲荷のタイムをなかなか破ることができないのだ。

　秋の波がそれに夢中になっている間に、玉響と月草の女子会トークは順調に盛り上がっていた。

『それで、陽殿の集落に参りまして、雪合戦を観戦してきたのですが、それがもう、本当に愛らしい上に勇ましくて……』

「ああ先日お写真を見せていただいたあれでございますね」

『そうなのです。陽殿が集落の皆様に愛されているのは知っておりましたが、あれほどまでとは……皆様温かい方ばかりで、陽殿がまっすぐ、優しくお育ちなのは、あの地の方々のおかげだと思いました』

　という推し語りから、

「そういえば、別宮の女子稲荷が新しい美容液を試したらしいのですが、これが優秀なものらしいのでございまする。名前を控えておりますので、ちょっとお待ちくださいね」

『あ、わらわも書くものを準備いたしまする……！』

　というコスメトーク、そして、

『最近、なぜかまた殿方から文をいただくことがございまして……初めて文をいただく方なのですが、定期的に繰り返しまするなぁ』

「月草殿であれば、無理もなきことでございまする。わらわとて、何ゆえに月草殿が未だ独り身でおいでか分かりませぬもの」

『それを申し上げるなら玉響殿も。もうお一人に戻られて長くておいでですし、玉響殿に思いを寄せていらっしゃる方は多いのではございませんか？』

「どうでございましょうね。普段は髪としっぽを振り乱して仕事をしておりまするし……何より我が君以上に心を動かしてくださる方とは出会えておりませぬなぁ……」

『まあ、これはこれは、惚気《のろけ》られてしまいました』

鉄板のコイバナへと、途切れることなく繰り広げられたが、まだまだとどまる様子はまったくなかった。

その間に秋の波はタイムアタックに飽《あ》き（結局今日も更新できなかった）、次はRPGゲームをしていたのだが、展開に行き詰ってしまい、元の持ち主の稲荷に攻略を聞いてから続けようと早々にやめる。

そうこうするうちに、体を動かしたくなったので、実際に体を動かして物語を進めていくゲームを始めた。

飛んだり跳ねたり、両手を大きく動かしたりしてゲームを進めていく。

水晶玉に映らないようにと気を遣っていた秋の波だったが、ゲームに夢中になるあまり玉響と月草の女子会の途中だということをすっかり忘れていた。

そのうち、ちらちらと、タンポポ姿の秋の波が玉響の背後に見切れて映り込むようになると、月草はその可愛さに身悶《みもだ》えした。

「月草殿、いかがされました」

『そっと後ろを見てくださいませ』

顰《ひそ》めた声で言う月草の言葉に、玉響がそっと後ろを見ると、タンポポ姿の秋の波が夢中になって両手を振りまわして、目に見えぬ何かと戦っていた。

子どもゆえの短い手足もさることながら、タンポポの葉っぱの両手をひらひらさせ、動くたびに揺れるフードのタンポポの花びらなど、萌え要素満載である。

後に、この時のことを玉響は、

『心臓を打ち抜かれたのは我が君と出会った時に続き二度目であったが、打ち抜かれた音まで聞こえたのはこの時が初めてであった……』

と話していたらしい。

さて、与《あずか》り知らぬところで母の玉響の心臓を打ち抜いていた秋の波はひとしきり暴れたところで落ち着いた。

その時には玉響はまだまだ絶好調で月草と女子会トークを炸裂させていたので、

「ははさま、おれ、おふろいってくるね」

そう言い置いて風呂に向かった。

風呂にはいつも秋の波は一人で入る。

もちろん、影燈とであれば一緒に入るが、玉響とは一緒には入らない。

一応、大人だった頃の記憶があるので、母親と一緒、というのは気恥ずかしいのだ。

それに、一人でもちゃんと風呂には入れる。

耳の後ろから足の指の間まで、全部綺麗《きれい》に洗い、ゆっくり湯船につかって、脱衣所で髪を乾かして部屋に戻っても、まだまだ女子会トークは絶好調だった。

まあ、泊まりでの女子会の時も延々話し続けても話題が途切れることのなかった二人だし、久しぶりの女子会で盛り上がっているのだろう。

――ひさしぶりに、たのしくしてるのに、じかんをきにさせるのもわるいしなー……。

そう配慮した秋の波――再び着ぐるみパジャマを着ている――は、水晶玉にフレーハインすると、

「ははさま、おれ、かげともとねてくるね」

そう伝えた。

「え？」

玉響は驚いた顔をしたが、

「ははさまは、つきくさどのと、おしゃべりたのしんでて？　つきくさどの、またこんど、あそびにつれてってね。おやすみなさい」

秋の波は笑顔で言って、月草にタンポポの葉っぱの手を振って、フレームアウトすると客間をあとにした。

『秋の波殿に気を遣わせてしまいましたなぁ……』

多少申し訳なさそうな顔をする月草に、

「気にされることはございません。秋の波には、思いを寄せているものがおりますゆえ、そのものもとに……」

ほほ、と笑いながら玉響は言う。

『まあ、秋の波殿に、そのようなお方が？』

「ええ。本人たちは隠しているつもりやもしれませぬが、母の目はごまかせませぬ。まあ、秋の波はまだまだ幼いゆえ、いろいろ先の話になりましょうが」

『玉響殿のそのご様子からすると、秋の波殿をお任せしても安心なお相手の様子でございますなぁ……』

月草の言葉に玉響は頷き、

「少しでも心配な相手であれば、見逃しなどいたしませぬよ」

にこやかな笑顔で物騒なことを言う。

だが、月草は同意するように同じく笑顔で頷きつつ、

『仮に陽殿が思いを寄せるような相手ができましたら、わらわが直々にそのものを見定めとうご

ざいまするなぁ』

悪い女には絶対に引っ掛からせないぞ、と言外に匂わせる。

「月草殿のお眼鏡に適うような女子となると、ほほ、大変でございまするなぁ」

『何をおっしゃいまする。わらわなど、まだまだでございまする』

二人はそう言って笑いあう。


その夜、恋仲であることがバレているとも知らぬ秋の波は、今夜も影燈の絵本朗読二冊目で寝落ちし、将来の嫁候補を月草が見定めることに決まった陽も、テクニシャン伽羅の絵本朗読により、シロとともに同じく絵本の二冊目で寝落ちした。

なお、女神二人の女子会は、深夜まで及び、翌朝、二人はすっかりストレスが解消されたすっきりした顔で仕事に向かったそうである。

おわり

淡雪ちゃん攻略作戦

CROSS NOVELS

倉橋《くらばし》の休日がやってきた。

夜勤を終えて戻り、次のシフトは翌日の昼勤務という、変則的な休みではあるが、ゆっくりと夜を過ごせる、という意味では、いいタイミングでの休みだ。

しかも、呼びだし対応からも外れている。

そんなわけで、夜勤を終えて戻ってから昼まで寝たあと、倉橋は普段過ごしている後藤《ごとう》家の裏に買った、自分の家へやってきた。

夜中に帰ったり出たりする時以外は、ほとんどを後藤の家で過ごすので、自分の家といっても戻ってくるのは週に一度か二度。

それ以外でも掃除の時に戻ってきたりするが、自分の家だというのにいる時間はかなり少ない、というのが実際のところだ。

そもそも家を買った理由が、恋人である椽《つるばみ》とそういうことを致す機会になっても困らない場所確保のため、という即物的で男らしいものが大半なので――もちろん、そのほかにも真っ当な理由はいろいろあったが、一番はそこだ――、自宅に帰る時間が少ないのは倉橋にとっては想定内だ。

もっとも、特に場所にこだわりのない倉橋なので、そういうことを致す場所が椽の家、家というか廃墟《はいきょ》（意外と中は綺麗《きれい》）でも問題はないのだが、この集落に居続けるなら『自分の家』というのを持ってもいいだろう、と考えつつあったし、帰る時間が少ないといっても、家を持ったことは正解だったと思う。

後藤の家に居候をしていた時――それは、こちらへの赴任《ふにん》が限定的な期間ではなくなってから――でも、集落の人たちは倉橋を「集落の人間」と見てくれていたかもしれないが、倉橋の中でどこか曖昧なところがあった。

だが、家を買ったことで自分の中のどこかで、ここに「根付く」というような感覚が生まれたのだ。

もちろん、ここに根付くといっても、時代を担う者を生み育てる、というようなことには繋がらない。

倉橋も橡も男だし、何より、橡は人間ですらなかった。

そんな相手と恋をすることになると倉橋は思ってもいなかったが、付き合い始めてみれば、思いのほか順調だった。

倉橋も橡も、互いが忙しいことは承知の上だ。

だからこそ会う時間は貴重だと分かっているので、つまらないことでもめたりもしない。

もめている時間が惜しいということもあるが、二人の間では今のところ、もめたりしなければならない要素がないのだ。

もちろん問題がないわけではない。

問題はある。

その最たる存在が、橡の異母弟である淡雪《あわゆき》である。

何しろ淡雪は「夜泣き王」の座に君臨《くんりん》して長い。

普通の赤子であれば、夜泣きをする期間は限られるのだが、長寿命である烏天狗《からすてんぐ》一族の赤子である淡雪は、その寿命に合わせて赤子期間も長い。

つまり、夜泣き期間も長いということになる。

その淡雪の夜泣きを宥められる数少ない存在の一人が倉橋だった。

無論、その倉橋をもってしても「無理な時は無理」な日もあるのだが。

橡と倉橋が会う時は、基本的に淡雪が一緒だ。

橡が率いている烏天狗一族の中で人に変化できるのは橡と淡雪だけなのだ。そのため、淡雪をねぐらにおいて橡だけが出かける、ということはあまりできない。

どうしても淡雪を連れていくことができないという時だけは別だが、それ以外では淡雪を連れていくことが推奨されている。

それは、淡雪のもう一つの異名が理由だった。

「白い悪魔」である。

目に映るもののすべてに興味を持ち、楽しいと思ったことを繰り返すのは子供にありがちなことである。

その傾向は、もちろん淡雪にもある。

そして淡雪の「楽しい」は、世話をするものたちにとって、ありがたくない方向に向けて発展していた。

世話をする烏の羽を抜く、ひたすら尾羽や風切羽を舐め倒す（時に身のある部分を甘噛《あまが》みされる）、本人は撫《な》でているつもりなのだが、力加減が分かっていないがゆえの、暴力になりがちな「なでなで」など、である。

もちろん、世話をする烏が怒ればいい話だ。

だが、怒ればギャン泣きが始まる。

それはそれで厄介だし、何より、総領の異母弟を怒れるような肝《きも》の据わった烏はいない。

唯一、「藍炭《あいずみ》」という名の、橡の側近烏がよっぽどの場合は淡雪を叱るが、叱れば恒例「疲れて泣きやむまでのギャン泣き」である。

そんなわけで、非常に迷惑をかけることこの上ないため、橡はデートとはいえ淡雪を連れてこざるを得ない状況なのだ。

そんな淡雪は、倉橋大好きっ子である。

今日も今日とて、橡と一緒にやってきた淡雪は、どうやら少し御機嫌斜めだったらしく、あからさまに「ついさっきまで泣いてました！」を全面に押し出した感だったが、倉橋が玄関に迎えに出た時にはにこにこ笑顔だった。

「いらっしゃい、橡さん、淡雪ちゃん」

倉橋が声をかけると、橡に抱っこされている淡雪は即座に倉橋へと手を伸ばし、倉橋に抱っこを要求する。

倉橋もそれに応えてすぐに淡雪を抱き取った。

「途中まで、泣いてた?」

抱き取った淡雪の背中をポンポンと叩いてあやしながら、倉橋は橡に問う。

「ああ。神社に着いた時は号泣してた。ちょうど祭神《さいじん》が表に出てて、苦笑いしてた」

橡と倉橋の恋は、集落の祭神も応援している。そのため、二人の逢瀬に、神社の「場」を貸して橡の行き来を助けてくれているのだ。

倉橋は普通の人間だし、祭神も橡たちとは違って人前に実体を持っては現れることがほぼないので会ったことはないが、なかなかのイケメンらしい、という話だけは聞いている。

「祭神様に、今度、多めにお賽銭《さいせん》入れとくよ」

そう言う倉橋に橡は頷いたあと、

「神社から、ここに向かう途中から、あんたの家に向かう道だって分かったらしくて、徐々に泣きやんで、今の状態だ」

と淡雪の状態を報告してくる。

「俺の家に来る道を覚えたんだ?　淡雪ちゃんは賢いね」

倉橋が淡雪の顔を覗き込むようにして言うと、淡雪は褒められたことが分かるのか、それとも倉橋の顔が見えたのが嬉しいのか、キャッキャと声を立てた。

「なんだかなぁ……」

倉橋の前だけで見せる淡雪の「普通の赤子らしさ」に、橡はボヤく。

「そんな顔しない。ほら、上がって」

倉橋が笑いながら言う。

倉橋と一緒にいられる時間は限られているのだ。淡雪の機嫌が悪くて煩わされるよりはいい、と思い直し、橡は家に上がった。


何気ない会話をしながら食事をし、交代で風呂をすませ、淡雪を寝かしつければ久しぶりの、一緒に過ごす夜、である。

が、この夜は違った。

「どうにもご機嫌斜めだねぇ……」

倉橋が珍しく困った声を出し、グズる淡雪をあやす。

倉橋の家には淡雪の部屋がある。淡雪の好きなおもちゃやぬいぐるみ、ベビーベッドなどが用意された至れり尽くせりな空間で、淡雪もお気に入りの部屋だ。

しかし、今夜は寝かしつけようと部屋に入れると泣いてしまう。

昼間は喜んでそこでおもちゃで遊んでいたというのに、だ。

「昼寝もさせてねえし、眠たくないわけねえと思うんだけどな」

夜泣き王淡雪により、これまで幾度も倉橋と過ごす夜を妨害されてきた椽は、倉橋と会う日は絶対に淡雪に昼寝をさせないようにしている。

夜はスヤスヤ寝てくれなければ困るのだ。

大人の事情的に。

たとえ、途中で起きるにしても、三時間から四時間はまとめて寝てほしい。

それが切なる願いである。

しかし、なんとか淡雪の隙を窺って倉橋と初夜を迎えられたものの、それ以降、できたのは一度だけだ。

もっとも、冬場は何かと急患が多く、倉橋が途中で呼び出されたり、休みが吹っ飛んだりと、会う機会が少なかったこともあるのだが、その少ない機会を淡雪に潰されたのだ。

「淡雪、寝ろよ。何時だと思ってんだよ？　いい子はお休みの時間だろ？」

椽が声をかけると淡雪はいやいやをするように頭を横に振り、今にも泣くぞ、といった様子で眉根を寄せながら、抱っこしてくれている倉橋の胸に頭を預ける。

そしてしばらくして、淡雪が目を閉じ寝たかな、と思えたタイミングで子供部屋に運んだのだが、ベビーベッドに寝かせた瞬間、起きて泣きだした。

「……うん、今日は、無理な日だね」

淡雪をあやしつつ、なんとかしてギャン泣きを回避しながら、倉橋は言う。

「みてえだな……」

椽も、もはや諦めモードだ。このまま、淡雪がまたうとうとするタイミングを待って、となると、いろいろ時間が遅くなる。

そうなると、倉橋の仕事に差しさわりが出てしまうだろう。

結局、今夜はいろいろ諦めて、三人で二階に上り、新たに買った大きな布団に淡雪を挟んで三人で川の字である。

淡雪は寝かしつけられても今度は泣き出すこともなく、そのうちスヤスヤ眠り始めた。

「……ちくしょう、もう一回、チャレンジしとくべきだったか……。今からこいつを下に連れてって……」

「で、ベビーベッドに寝かしつけた途端に、起きて泣きだすパターンかな」

笑って倉橋が続ける。

「だよなぁ」

「まあ、こうして親子三人で川の字もいいものだよ」

そう言う倉橋に、椽はそっと体を起こして淡雪を起こさないようにしながら、倉橋の額に口づけた。

「……俺はあんたと二人きりのほうを断然推奨したい」

椽のその言葉に、倉橋は、仕方ないなぁ、とでもいうように、ただ笑った。

◇
◆
◇

実際、仕方ないとは思う。

しかし「仕方ない」にも限度はあるのだ。

「なあ、淡雪。おまえ、分かってやってんだろ？」

数日後、廃墟のねぐらで今日も今日とて積み木で一人賽《さい》の河原《かわら》崩しを楽しんでいる淡雪に椋は話しかける。

だが、淡雪は積み木を片手に難しい顔で、一応はどこに積むか考えているような様子を見せている。とはいえ、何も考えてはいないような気もする。

現に、片手に積み木を持ちつつも、もう片方の手でいきなり、まだ二段しか積んでいない積み木を上からガシャンと押し潰したのだ。

新手の崩し方を考案したかのように、声を立てて嬉しげに笑う。

「淡雪？　聞いてんのか？」

両手を振って「楽しい」を存分に表現したあと、淡雪は両手で積み木を押しやって、畳の上を更地にすると、再び積み木を積み始める。

ようするに、椽の言葉はガン無視、ということである。

「なあ、淡雪、聞こえてんだろ？」

椽は再度声をかけるが、淡雪は三角の積み木の上に三角を積もうと頑張っている。

しかし、淡雪にはかなり高難度な組み合わせで、そのうちいら立ち始めたのが分かる。

「そこに積みてえなら、こっちにもう一個三角置いて、その上に、てっぺんを下にして置いて平らにするか、三角の頂点にはしっこが載るようにして載せるしかねえぞ」

椽は言いながら、他の三角の積み木を手に取ると、ちょいちょいと載せてみせてやる。

「ぉおー」

三角の上に三角が載ったことに、淡雪は声を上げて椽を見た。

その視線に、言うなら自分を認識している今しかない、と感じた椽は、

「おまえの協力には感謝してる」

とりあえず、淡雪に礼を言う。

淡雪は椽を見ているが、何を言われているのか理解しているような様子はみじんもない。なんかしゃべってんなぁ、くらいの顔だ。

だが、椽は気にせず続けた。

そもそも淡雪が理解しているかどうかなど、関係ないのだ。

とりあえず、言っとけ、くらいの感覚である。

「だがな、あの程度で倉橋さんを繋ぎとめられたかってぇと、それは違う。あれは、縁を繋いだだけだ」

淡雪は少し難しい顔をしたが、椽はかまわず続けた。

「肝心なのは、ここから先だ。おまえも、倉橋さんとはできるだけ長く一緒にいたいって、そう思ってんだろ？」

『倉橋』の名前が出て、淡雪の顔が輝いた。

「くーし！　くーし！」

「そう、倉橋さんだ」

「くーし、くー？」

「いや、今日は仕事だ、来ねえ」

椽の返事の内容は理解していないだろうが、自分の思いが通じなかったことは理解したらしく、一気に聞く気を失った様子で、散らばった積み木を手にした。

椽は一つ息を吐き、自分も積み木を手にすると、さっき中途半端に詰んだ三角の横に、新たに積みながら続けた。

「ああいうのは、何度か回数を重ねるもんだ」

椽が言いながら、手早く、三段ほど積むと、淡雪は容赦なくそれを崩し、楽しげに笑う。

「おまえの協力なしには成立しねえ」

再び、積み木を積む。今度は四段まで淡雪は待って、それから崩した。さっきよりも派手に倒れる様に、目を輝かせる。

もしかすると、イケるか？　と思いつつ、椽は今度は五段積んだ。そして一番上には三角の積み木を屋根のように積んでやると、即座に崩して、ご機嫌いっぱいの様子で笑う。

その様子を見ながら、

「毎回とは言わねえから、三回に一回は協力しろ」

そう言って淡雪を見ると、淡雪は「は？」とでも言いそうな顔をした。

「なんだよ、その面は。何が不服だ。毎回じゃなく、三回に一回だぞ？　めちゃくちゃな譲歩だろうがよ」

淡雪は言葉の意味は分かっていないと思うのだが、絶妙な顔をしてくるので、つい突っ込んでしまう椽である。

その椽に、淡雪は渋々、といった様子で手を差しだしてきた。

「なんだ、握手か？」

そう思って手を繋いでやると、もう片方の手で椽の手を叩いて、放せ、と意思表示してくる。

「なんなんだよ？」

するともう一度、手を出してきた。今度は手のひらを上に向けて、明らかに何かのおねだりだ。

仕方なく、積み木を乗せると、淡雪はしばらく積み木を眺めたあと、畳の上に置き、もう一度同じように手を出してきた。

「おい、なんだその見返りを要求してくるスタイルはよ」

言いながらも仕方がないので、置いてあった淡雪の好きな握って遊ぶ布のおもちゃを握らせてやる。

するとと淡雪は急に眉根を寄せて、

「うぇぇぇーー！」

泣き出した。

「おい、待てって、意味わかんねぇよ、なんで泣くんだよ、そもそも何を要求してんだよ！」

聞いたところで、泣き出した淡雪に勝てるものなどいない。

椽はとにかく泣きやませるべく淡雪を抱き上げて、背中をポンポンしたり膝で上下にスイングしたりして、必死に機嫌を取りつつ、

――先はまだまだ長そうだな……。

そんなことを思うのだった。

おわり

こんにちは。あっという間に季節がいくつも通りすぎまして、春が来ようとしています。……ええ、年末の大掃除もブッチしましたので、安定の汚部屋からお届けしております、松幸《まつゆき》かほです。

移り変わりの早いこの時代、変わらないものがあってもいい…くらいの気持ちでおります（いや、そこは変われよ）。

さて、婿取りも17冊目となりました！　ここまで続けることができているのも、読んでくださっている皆様があってのことです。本当に、本当にありがとうございます。

今回、しばらく不在だった琥珀《こはく》様が戻って参りました‼　香坂《こうさか》家、通常モードに戻ります、な巻でございます。あとがきから読んでくださっている方もわりといらっしゃるので、ネタバレになってもなーと思い、内容についてはあまり触れませんが……白狐《びゃっこ》様はやっぱり白狐様でした、とだけお伝えしたいと思います。

そして今回も、素敵なイラストをみずかねりょう先生が描いてくださいました。表紙！　龍神《りゅうじん》様登場ですよ！　この人普段本当に寝てばっかりなので油断したらいることを私も忘れがちなんですけど、やっぱりイケメン。

あとがき

イケメンと言えば涼聖《りょうせい》さんも凄い格好よくて!! 攻め様オーラが駄々漏れっていうか。そして琥珀様の美人さが……。やっぱり涼聖さんの隣には琥珀様がいてしっくりくるなあ、としみじみ思うのと、最後に! 陽《はる》ちゃんの、お尻! ぴゅんって立ってる尻尾が可愛すぎて……あああああ、触りたい、尻尾を思う様もふりたい。そんな衝動に駆られています。いつも本当に萌え多き絵を、ありがとうございます!

思ったように外出できない日が長く続いて、これを書いている三月初めの今は、海の向こうではさらに大変なことが起きていて。一日も早く、みんなが安心して過ごせる日常を取り戻せたらと願ってやみません。

……「しあわせ」って、なんだろうね? そんなことを、つい考えてしまう今日この頃です(たまには真面目なことも考えるんですよ)。

そんな大変な中、こうして17冊目をお届けできる幸せをかみしめつつ、出版に携わってくださったすべての方に感謝を。ありがとうございます。

二〇二二年　暖かくなったら掃除しようと思う三月初旬　松幸かほ

今度は神様、
メイドになって
大バトル!?
※イラストと小説内容は、かなり異なります。
豪華キャストも
多数登場!
琥珀
伽羅
椽
影燈
龍神
陽ちゃん
SIRO（特別出演）
お待ちしておりました、My Master――
今なら
SSR白狐様（本宮Ver）が貰える!
事前登録受付中
2022年冬
サービス開始予定
イナリレッド・ファンタジー
イナリレッド・ファンタジー
INARIRED FANTASY
君への思いを神力へ変えるアクションRPG
狐の婿取り（仮）
みずかねりょう・画
松幸かほ

CROSS NOVELS既刊好評発売中

俺は多分、あんたのことが……！

狐の婿取り―神様、告白するの巻―

松幸かほ　　Illust みずかねりょう

「おまえ、好きなやつはいるのか」

狐神琥珀とチビ狐・陽と三人仲良く暮らしている医師涼聖は、先輩の倉橋からとある相談を持ちかけられる。一方その頃、倉橋に対して"恋"を意識しはじめた橡は、本人の前でのみ挙動不審な状態に!?

しかしどうやら動きはじめたのは橡の恋心だけではないようで？

新たな事件が幕を開ける本編&陽ちゃんと女神たちの笑撃な夜をこっそり覗けちゃう短編二本を同時収録♪

CROSS NOVELSをお買い上げいただき
ありがとうございます。
この本を読んだご意見・ご感想をお寄せください。
〒110-8625
東京都台東区東上野2-8-7　笠倉出版社
CROSS NOVELS 編集部
「松幸かほ先生」係／「みずかねりょう先生」係

CROSS NOVELS

狐の婿取り—神様、帰郷するの巻—

著者
松幸かほ

2022年4月23日　初版発行　検印廃止

発行者　笠倉伸夫
発行所　株式会社　笠倉出版社
〒110-8625　東京都台東区東上野2-8-7　笠倉ビル
[営業]TEL　0120-984-164
FAX　03-4355-1109
[編集]TEL　03-4355-1103
FAX　03-5846-3493
http://www.kasakura.co.jp/
振替口座　00130-9-75686
印刷　株式会社　光邦
装丁　磯部亜希
ISBN　978-4-7730-6332-5
Printed in Japan